Als wensen paarden waren

Een Ierse romance

Caitlyn Lynch

Shenanigans Press

Inhoudsopgave

Hoofdstuk Één

 Brianna stak een vinger in haar andere oor en liep weg bij de kwetterende menigte vrienden. ‘Ik ben bang dat het hier nogal luidruchtig is.’ Dat was nog zacht uitgedrukt; ze was op stap met haar collega's om te vieren dat ze een contract hadden binnengesleept voor een reclamecampagne voor een grootschalige witgoedketen. Het winnen van de grotere firma's die ook in de running waren geweest, was een reden voor een serieus feestje.

'Spreek ik met miss Brianna Lane?' De stem aan de andere kant van de lijn had een sterk accent, Iers, zo vermoedde ze.

'Ja, jij spreekt met haar. En jij bent?'

'Mijn naam is Conor Morrison, miss Lane. Ik ben notaris in Ballina.'

'Ballina, New South Wales?' Brianna kon zich niemand herinneren die ze zelfs maar kende in die staat. Ze was geboren en getogen in Melbourne en was slechts een of twee keer in Sydney geweest, laat staan dat ze naar een klein toeristenstadje in het noorden van New South Wales was gereisd.

'Nee, miss Lane, Ballina in County Mayo, in het westen van Ierland. Ik vertegenwoordig – vertegenwoordigde - Alastair Leary.'

Het bleef even stil aan de andere kant van de lijn, alsof deze Conor Morrison verwachtte dat Brianna wist over wie hij het had. Verbaasd door het gesprek liep ze de bar helemaal uit, zodat ze hem goed kon verstaan, en bleef in het rustige steegje staan.

'Het spijt me, meneer Morrison, maar ik tast nog steeds in het duister over waarom u mij belt.'

De man aan de andere kant slaakte een zachte zucht voordat hij zei: 'Mijn excuses hiervoor, miss Lane, maar ik moet jouw identiteit bevestigen.

Zou u mij de volledige naam van jouw moeder willen geven, inclusief haar meisjesnaam?'

'Sally Anne Lane, en haar meisjesnaam was Watson. Waar gaat dit over?'

'En de naam van haar moeder?' drong de notaris aan.

'Ik heb mijn grootmoeder nooit gekend, ze stierf voordat ik geboren werd. Haar naam was Sinead Watson, maar ik ben bang dat ik haar meisjesnaam nooit heb geweten, het spijt me.' Volkomen in de war vroeg Brianna zich af of ze genoeg had gezegd.

'Dat is heel goed, miss Lane. Je hebt me genoeg verteld. Ziet u, ik ben enkele jaren geleden door meneer Leary gevraagd om te onderzoeken of zijn zus Sinead nog levende nakomelingen had. Ik heb u en jouw moeder opgespoord en meneer Leary gevraagd of hij wilde dat ik contact met u opnam, maar dat weigerde hij destijds. Hij is echter onlangs overleden en toen het testament werd voorgelezen, werd u als begunstigde genoemd.'

'Wacht, wat? Zegt u nu dat hij mijn... wat, oudoom is?'

'Dat klopt, maar hij is, zoals ik al zei, onlangs overleden.'

'En ik word genoemd in het testament? En mama dan?' Brianna kon het niet geloven. Haar moeder had nooit vermeld dat ze nog familie in Ierland had; wist ze het eigenlijk wel? Alles wat Brianna over haar grootmoeder Sinead wist, was dat ze in de jaren zestig met haar Engelse echtgenoot naar Australië was geëmigreerd, dat Sinead zelf Ierse was en dat ze tragisch was omgekomen bij een auto-ongeluk toen Brianna's moeder pas negen was.

'Jouw moeder wordt niet genoemd in het testament.' De notaris kuchte beleefd. 'Hebt u een juridisch vertegenwoordiger naar wie ik een kopie van de papieren per koerier kan sturen?'

'Ik... nee. Ik heb nog nooit een advocaat nodig gehad. Mijn vader is echter advocaat, zou dat in orde zijn?'

'Zeker. Ik heb zijn adres hier.'

Natuurlijk, als hij haar en haar moeder al had onderzocht, zou hij die gegevens hebben. Verbijsterd schudde Brianna haar hoofd. 'Wat heeft mijn oom me nagelaten? Had hij zelf kinderen?'

'Nee. In alle opzichten bent u de laatste nakomeling van de Leary-lijn, miss Lane, en jouw oudoom heeft u vijftig procent van zijn nalatenschap nagelaten.'

Bij het woord nalatenschap en de ernst waarmee de mededeling werd gedaan, fronste Brianna haar wenkbrauwen. 'En... waaruit bestaat die?'

'Ik ben bang dat ik dat niet telefonisch mag bespreken, miss Lane. Ik laat de papieren morgen op het zakelijke adres van jouw vader bezorgen; ze liggen momenteel bij een zakenpartner in Melbourne. Ik wens u een goedenavond.'

De verbinding werd verbroken, waardoor Brianna naar haar telefoon bleef staren en zich afvroeg of ze het gesprek had gedroomd. De helft van de nalatenschap erven van een oudoom van wiens bestaan ze niet eens afwist, was niet iets wat elke dag gebeurde.

Uiteindelijk haalde ze haar schouders op en liep de bar weer in, waar ze door haar vrienden met gejoel werd begroet omdat ze er vandoor was gegaan en met de eis dat de volgende ronde voor haar rekening was. Lachend diepte ze haar creditcard op en legde hem op de bar.

Mysterieuze Ierse erfenissen moesten maar even wachten. Vanavond was ze aan het vieren.

Gelukkig had de baas hen allemaal de volgende dag vrij gegeven, in het besef dat ze allemaal een kater zouden hebben. Brianna kon met een gerust geweten uitslapen.

Toen haar telefoon om half tien overging, staarde ze er met een boze blik naar, maar ze reikte uit om hem van het nachtkastje te grissen. Een blik op het scherm en het vreemde gesprek van de vorige avond kwam weer boven.

'Morgen, pap.' Haar stem klonk een beetje schor terwijl ze rechtop in bed ging zitten, en ze trok een gezicht terwijl ze naar het glas water reikte dat ze voor zichzelf had ingeschonken voordat ze in bed was gerold.

'Brianna, ik heb net een heel vreemd pakket documenten ontvangen,' zei haar vader.

'Van een notaris uit Ierland?'

'Dat klopt! Wist jij hiervan?'

'Ik werd gisteravond gebeld. Blijkbaar had oma Watson nog een broer in Ierland. Wist mama van hem?'

'Ik heb haar net gesproken en ze zei dat ze geen flauw idee had. Je grootvader praatte niet veel over je grootmoeder.'

'Hij praatte over niets veel.' Brianna herinnerde zich haar grootvader, die aan een hartaanval was overleden toen ze zeventien was, als een zwijgzame man. Hij was vriendelijk genoeg geweest, was haar verjaardag nooit vergeten en was erg gul met zijn cadeaus. Hij deed zelfs moeite om naar schooltoneelstukken en dansuitvoeringen te komen om voor haar te applaudisseren, maar acht jaar na zijn dood kon ze zich eerlijk gezegd geen enkel gesprek herinneren waarin hij meer dan een dozijn woorden had gesproken.

'Dat is waar,' zei haar vader, 'heel waar. Deze papieren zien er legitiem uit, Bri, maar ik laat ze natuurlijk sowieso nakijken.'

'Is mama geërgerd? Ik bedoel, zij is de nicht van die man, waarom heeft hij haar overgeslagen voor mij?' vroeg Brianna.

'Welnee, helemaal niet. Je moeder is dolblij voor je! Je bent voor de rest van je leven onder de pannen, lieverd!'

Brianna wreef over de brug van haar neus en hoopte dat de hoofdpijn weg zou trekken. Ze had gisteravond echt niet zoveel moeten drinken. 'Pap... wat heeft mijn oudoom me nagelaten?'

'Heeft de notaris je dat niet verteld? Alastair Leary was een rijk man, Bri. Hij heeft je een half aandeel in zijn bedrijf nagelaten, Leary Estates, en de andere mede-eigenaar heeft al een ongelooflijk gul bod gedaan om je uit te kopen!'

'Pap, rustig aan,' smeekte ze. 'Wat is Leary Estates?'

'Oh... het is een renpaardenstoeterij! Ook nog eens heel beroemd, ze hebben winnaars gefokt voor alle grote races, waaronder een winnaar van de Melbourne Cup een paar jaar geleden. De Ieren houden van hun paarden, weet je.' Haar vader grinnikte. 'Daar moet je het van hebben. Je moeder en ik vroegen het ons altijd al af.'

Brianna moest glimlachen. Als klein meisje was ze gek geweest op pony's, en ook al was een pony onmogelijk geweest in hun statige stadswoning in een chique buitenwijk van Melbourne, toch had het bovenaan elk kerstlijstje gestaan dat ze ooit had geschreven. 'Dat moet het zijn. Renpaarden, hè.'

'Ja, en dit bod is heel gul, hoewel we de nalatenschap natuurlijk moeten laten taxeren om er zeker van te zijn dat de koper je niet probeert op te lichten.'

'Hoeveel?'

'Nou, hij heeft acht miljoen euro geboden – dat is de munteenheid die Ierland gebruikt, natuurlijk – maar tegen de huidige wisselkoersen, zelfs nadat je er belasting over hebt betaald, zou je ongeveer tien miljoen dollar overhouden.'

Brianna viel van schrik uit bed en liet haar telefoon vallen. Terwijl ze hem haastig opraapte en weer tegen haar oor hield, bracht ze uit: 'Het spijt me, zei je nou tien miljoen dollar?'

'Dat zei ik, en nee, ik neem je niet in de maling. Er gaat veel geld om in renpaarden, schatje. Zoals ik al zei, dit zal je voor de rest van je leven financiële zekerheid bieden. Ik moet over een half uur in de rechtbank zijn, maar ik ga een van mijn juridisch assistenten erop zetten om alles uit te laten zoeken. Waarom kom je vanavond niet bij ons eten, dan kunnen we erover praten?'

'Zeker,' zei ze, nog steeds in shock. 'Tot dan.'

Toen haar vader had opgehangen, zat Brianna enkele minuten voor zich uit te staren, terwijl ze probeerde de scherpe wending die haar leven plotseling had genomen te verwerken. Hoewel haar familie het altijd vrij breed had gehad, hadden ze nooit bij de elite gehoord. Ze was naar een gewone school gegaan, zij het een goede omdat ze in een mooie buurt woonden, en was afgestudeerd met slechts een kleine studieschuld dankzij de hulp van haar ouders met het collegegeld en het feit dat ze de hele tijd thuis had kunnen blijven wonen. Drie jaar na haar afstuderen in de grafische vormgeving had ze een behoorlijke, zij het bescheiden baan als grafisch ontwerper bij een klein reclamebureau, een afbetaalde studieschuld en spaarde ze voor een aanbetaling op een appartement terwijl ze een huurhuis deelde met drie meiden van ongeveer haar eigen leeftijd.

Tien miljoen dollar. Zelfs een tiende van dat bedrag zou haar voor het leven voorzien; ze kon zich niet voorstellen zo rijk te zijn.

Eindelijk schudde ze haar hoofd en krabbelde ze overeind. Ze had een douche nodig, en daarna zou ze profiteren van haar vrije dag. Ze zou haar laptop meenemen naar de koffietent op de hoek en hun gratis wifi gebruiken om onderzoek te doen naar Leary Estates. Als ze de helft van een renpaardenstoeterij zou erven, moest ze daar toch echt iets van afweten!

Hoofdstuk Twee

'Hallo, lieverd,' Brianna's moeder wuifde een kus tegen haar wang, deed een stap achteruit en bekeek haar kritisch. 'Je ziet er goed uit.'

Brianna klemde haar kaken op elkaar en zei tegen zichzelf dat ze geen aanstoot moest nemen aan de verbaasde toon. 'Bedankt, mam,' zei ze in plaats daarvan, en snoof de lucht op. 'Het eten ruikt heerlijk.'

'Natuurlijk,' zei haar moeder, terwijl haar mondhoeken iets omlaag bogen. 'Je vader belde om me het goede nieuws te vertellen en zei dat we een feestelijk diner moesten houden, dus heb ik je lievelingsgerecht gemaakt – lamsbout uit de oven.'

Brianna slaakte inwendig een zucht terwijl haar moeder voorging naar de keuken. Sally Lane was nooit echt ontdooid tegenover haar dochter na een vreselijke zwangerschap en een moeizame bevalling, en op de een of andere manier waren ze er nooit in geslaagd de kloof tussen hen te dichten, ondanks het feit dat Brianna opgroeide als het evenbeeld van haar moeder.

'Ben je niet van slag? Ik bedoel, Alastair Leary was nauwer verwant aan jou dan aan mij. Eigenlijk had jij de erfgenaam moeten zijn.'

Sally draaide zich naar haar om toen ze de keuken bereikten en glimlachte zonder haar tanden te laten zien. 'Helemaal niet, schat. Eerlijk gezegd heb ik een werkelijk fantastisch leven. Je vader verdient goed geld, dit huis is helemaal van ons, we gaan minstens twee keer per jaar op heerlijke vakanties en ik krijg alle mooie kleren en spullen die ik maar wil.'

Brianna had nog steeds het gevoel dat haar moeder staalhard liep te liegen, maar dat ze zich flink hield omdat ze er waarschijnlijk toch weinig aan kon veranderen. Aangezien ze geen enkele verwachting had gehad van een erfenis, had ze geen gronden om de beschikking in het testament van oudoom Alastair aan te vechten – en Brianna wist vrijwel zeker dat haar vader zo'n idee toch al de kop in zou drukken voordat het post kon vatten.

'Nou, als het echt waar is en ik sta op het punt miljonair te worden, vind ik dat we met zijn allen een fabelachtige vakantie moeten vieren,' zei ze. 'Je hebt altijd gezegd dat je op een dag naar New York zou willen. Jij en ik kunnen de boetieks onveilig maken en pap kan die chique golfbanen gaan bekijken waar hij in zijn golftijdschriften altijd over zit te kwijlen.'

Haar suggestie leverde een oprechte glimlach op van Sally. 'Dat is een heerlijk idee, Bri. Misschien doen we dat wel.' Ze opende de koelkast en haalde er een fles champagne uit. 'Op New York, hm?'

'Absoluut!' stemde Brianna in, terwijl ze glazen uit de kast pakte. Ze was voor ieder een glas aan het inschenken toen het geluid van de voordeur die dichtviel hen vertelde dat haar vader thuis was. Een minuut of twee later voegde hij zich bij hen in de keuken, glimlachte hartelijk en kuste haar moeders wang om haar vervolgens stevig te omhelzen.

'Mijn kleine meid, een miljonair,' zei hij met een lachje.

'Pap.' Ze schudde haar hoofd, lachte om hem en kuste zijn ongeschoren wang. 'Heeft je juridisch assistent nog meer ontdekt? Ik heb Leary Estates opgezocht, hun website zag er indrukwekkend uit.'

Ze was eigenlijk behoorlijk verbijsterd geweest. Het landgoed bleek uit twee delen te bestaan: het hengstenverblijf en de fokkerij waar de merries en veulens verbleven. Het hengstenverblijf had twaalf hengsten ter dekking en stuk voor stuk hadden ze meerdere races op hun naam geschreven en waren ze later de vader geworden van nog succesvollere renpaarden. Na een beetje doorklikken had ze ontdekt dat het bedrag om een merrie naar zelfs de goedkoopste hengst te sturen echt duizelingwekkend hoog was.

'Het is allemaal echt waar, lieverd.' Haar vader nam het glas wijn aan dat Sally hem aanbood en nam plaats aan de keukentafel.

'Ik heb wat papieren doorgenomen en de geboorteakte van mijn moeder gevonden,' zei Sally onverwacht. 'Ze is geboren als Sinead Leary in een plaats die Ballina heet.'

'Dat is waar de notaris zei dat hij vandaan kwam,' zei Brianna, terwijl ze toekeek hoe haar moeder een stapeltje papieren van het aanrecht pakte en voor haar vader neerlegde. 'Wat herinner je je van haar, mam? Ik kan me niet herinneren dat je het ooit echt over haar hebt gehad.'

'Lieverd, ze stierf toen ik nog een kind was,' Sally schudde spijtig haar hoofd. 'Ik herinner me haar nauwelijks, en pap praatte nooit over haar. Ik heb een doos met zijn spullen tevoorschijn gehaald en deze gevonden; wat brieven die ze uitwisselden, haar geboorteakte en hun huwelijksakte – ze zijn in Londen getrouwd. Ze werkte daar als verpleegster, tenminste, dat staat in de brieven.'

'Waarom zijn ze geëmigreerd?' drong Brianna aan.

'Vader kreeg een baan aangeboden. Hij was chirurg, weet je.' Sally was altijd erg trots geweest op haar vader. 'Hij kreeg een positie aangeboden bij de afdeling cardiologie van het Royal Melbourne Hospital en besloot die aan te nemen.'

'En grootmoeder heeft nooit meer terug gewild naar Ierland?'

Sally haalde hulpeloos haar schouders op. 'Ik heb geen idee, lieverd. Ik heb zelfs maar een paar foto's van haar.' Ze overhandigde Brianna een oud fotoalbum. 'Op de eerste paar pagina's staan trouwfoto's, en één foto van haar met mij als baby.'

Het was alsof ze in een vervaagde spiegel keek. Sinead Watson, geboren Leary, leek precies op haar dochter Sally... en iedereen zei al tegen Brianna sinds het begin van haar tienerjaren dat ze het evenbeeld van haar moeder was. Sinead deelde hun nootbruine haar, romige teint en donkergroene ogen, en haar neuspunt wipte net zo omhoog als die van Brianna en Sally.

'Wauw,' mompelde Brianna, terwijl ze de foto bestudeerde van de knappe jonge vrouw in de witte kanten trouwjurk, de foto zo vervaagd dat de jurk eerder geel dan wit leek. 'Dat is... eigenlijk best wel bizar.'

'Ik had er ook in geen jaren naar gekeken,' gaf Sally toe. 'Maar ik heb alles doorgenomen, en er staat niets in over haar leven voordat ze in Londen werkte, afgezien van haar geboorteakte. Helemaal niets.'

'In die tijd was een jonge vrouw die het Ierse platteland verliet om in Londen te gaan werken mogelijk een tikkeltje schandalig,' merkte Brianna's vader op, terwijl hij opkeek van de papieren. 'Ik vraag me af of haar familie haar heeft verstoten.'

'We zullen het nu waarschijnlijk nooit meer weten, nu haar broer er niet meer is,' zei Sally.

Brianna beet op haar lip en staarde naar de glimlachende jonge vrouw, de bruid van zestig jaar geleden. Wat waren jouw geheimen? vroeg ze zich in stilte af, terwijl haar moeder druk heen en weer liep om de gebraden lamsbout uit de oven te halen. Waarom heb je je huis verlaten, Sinead? Wat dreef je weg van een comfortabel leven tussen de paardenfokkerijen en groene velden van Ierland?

'We moeten een bedrijfstaxateur zoeken,' zei haar vader, terwijl hij opkeek van de papieren die voor hem lagen. 'In Dublin, vermoed ik, al moeten we er misschien een laten overvliegen vanuit Londen. Om uit te zoeken of dit...' hij bladerde kort door de papieren voor hem en vond wat hij zocht. 'Of dit bod van Declan O'Siorain redelijk is.' Hij struikelde over de onbekende Ierse naam en sprak hem uit als 'O-Sjo-reen'.

'Ik wil het gaan bekijken.'

Brianna wist zelf niet eens waar de woorden vandaan kwamen, wanneer het idee in haar hoofd was gepopt. Misschien was het die ochtend in de koffiebar geweest, toen ze weemoedig zat te zuchten bij de foto's die ze op de website van Leary Estates had gevonden: de glooiende groene heuvels, de merries en veulens die graasden op het malse gras naast een glinsterend blauw meer.

'Wat?' Haar moeder kréénde het uit van verbazing. 'Jij? Naar Ierland? Natuurlijk niet!'

Haar vader zette zijn bril af, legde die op tafel en keek haar nadenkend aan. 'Laat Bri uitpraten, Sally. Ze is geen kind meer. Ga zitten, Bri, en praat met me. Heb je hier goed over nagedacht? Kun je vakantie krijgen van je werk? Want bedenk wel... je bent pas vijfentwintig. Zelfs tien miljoen dollar is niet genoeg om te stoppen met werken en een luxeleven te gaan leiden.'

'Dat weet ik.' Ze beet op haar lip en dacht na. 'Ik kan nog steeds werken, ook al ben ik niet op kantoor.'

'Zelfs met dat nieuwe contract?' De blik in haar vaders ogen was veelzeggend. 'Je was helemaal enthousiast toen je me er gisteren over belde. Is dat allemaal vergeten nu er misschien geld jouw kant op komt?'

'Nee!' Ze keek hem nukkig aan. 'Jullie hebben me beter opgevoed dan dat – allebei. Ik heb verantwoordelijkheden en daar loop ik niet voor weg. Ik kan op afstand werken, op mijn laptop staat alle software die ik nodig heb. Het enige wat ik nodig heb is een wifi-verbinding en die kan ik vast zelfs in de meer afgelegen delen van Ierland vinden. Maar,' ze leunde naar voren en smeekte haar vader om begrip, 'deze erfenis is ook een verantwoordelijkheid. Deze... Declan O'Siorain, hij heeft de andere helft geërfd, toch? Dus als mijn oudoom had gewild dat hij het hele landgoed kreeg, had hij het ofwel allemaal aan hem nagelaten, of het aan hem verkocht voordat hij stierf en mij dan wat geld nagelaten, toch?'

Andrew Lane bekeek zijn dochter een paar momenten peinzend voordat hij langzaam knikte.

'Je overweegt toch niet serieus om haar te laten gaan!' riep Sally uit.

'Sally,' hij richtte zijn aandacht op zijn vrouw, 'hoe zou ik haar moeten tegenhouden? Bri is volwassen en ze kan haar eigen beslissingen nemen. Tenzij je ons om een lening vraagt om je vliegtickets te betalen?'

Even overwoog ze het, maar nee. 'Ik heb spaargeld.'

'Dat is voor je aanbetaling op een huis!' Sally was duidelijk nog steeds fel tegen het plan.

'Die documenten zijn legitiem, Sal. Daar durf ik mijn reputatie om te verwedden. Een paar duizend aan spaargeld is kinderspel vergeleken met haar erfenis. Als jij daarheen wilt gaan om een kijkje te nemen, waarom niet?' Andrew haalde zijn schouders op. 'Ga misschien zelfs anoniem. Spreek af met de bedrijfstaxateur en laat hem je meenemen als 'assistent'.' Hij grijnsde ondeugend. 'Het zal interessant zijn om de onderkant van het bedrijf te zien, in plaats van dat de rode loper voor je wordt uitgerold als de nieuwe mede-eigenaar, nietwaar?'

Brianna's ogen fonkelden terwijl ze naar hem terug grijnsde. 'Ik hou van de manier waarop jij denkt, pap.'

'Je hebt een stel hersens, Bri. Ik vertrouw erop dat je die gebruikt. En we zijn er altijd als je advies nodig hebt, of iemand om mee te praten. Allebei.' Andrew wierp een waarschuwende blik naar Sally, die zuchtte en naar Brianna liep om een hand op haar schouder te leggen.

'Natuurlijk zijn we dat, lieverd. Ik maak me alleen zorgen... het is zo ver weg.'

'De wereld is tegenwoordig een stuk kleiner, mam.' Brianna reikte omhoog om haar moeders vingers met de hare te bedekken. 'We zullen videochatten, dan kun je met eigen ogen zien dat het goed met me gaat.'

Hoofdstuk Drie

'JA, MAM, MET MIJ gaat het goed.' Brianna onderdrukte de neiging om met haar ogen te rollen. 'Ik ben nu drie uur in Ierland; het enige wat ik tot nu toe heb gezien is de taxirit van het vliegveld naar het hotel.'

'Je had beloofd dat je zou bellen zodra je er was,' berispte haar moeder haar. Zelfs op het kleine scherm van haar telefoon kon Brianna zien dat Sally's wenkbrauwen van bezorgdheid gefronsd waren.

'Vergeef me. Ik was uitgehongerd; ik voelde me een beetje weeïg in het vliegtuig en kon niet eten. Ik heb de tijd genomen voor een fatsoenlijk ontbijt, zodat je me kunt horen praten in plaats van naar mijn rammelende maag te moeten luisteren.'

Sally's uitdrukking klaarde iets op door het grapje. 'Heb je last van een jetlag?'

'Waarschijnlijk wel, hoewel ik me op dit moment klaarwakker voel.' Ze had veel meer geslapen dan ze had verwacht tijdens de lange vlucht naar Knock in het westen van Ierland, via Bangkok en Londen. Hoewel ze haar eigen ticket had betaald, had haar vader stilletjes wat gespaarde frequentflyerpunten gebruikt om haar naar businessclass te upgraden, waardoor ze op de lange vluchten een volledig plat bed had gehad.

'Wanneer heb je de afspraak met de bedrijfstaxateur?'

'Hij komt vandaag uit Dublin rijden en ontmoet me vanavond. Ik laat je weten hoe het is gegaan, beloofd.'

Het kostte enkele minuten om het gesprek eindelijk te beëindigen, maar het lukte Brianna uiteindelijk en met een zucht van verlichting sloot ze de app af voordat ze overeind sprong. Klaarwakker en gesterkt door een stevig ontbijt, stond ze te trappelen om naar buiten te gaan en de omgeving te verkennen.

Aanvankelijk dacht ze dat ze in Ballina zou verblijven, waar de notaris die contact met haar had opgenomen gevestigd was, maar na wat onderzoek en een gesprek met de bedrijfsmakelaar die ze in Dublin hadden gevonden, raakte ze ervan overtuigd dat het beter zou zijn om dichter bij de stoeterij te verblijven. De makelaar stemde in met de list om haar als assistente te laten optreden, zolang zij de kosten dekte, dus had ze een country house hotel gevonden op minder dan anderhalve kilometer van het hoofdterrein van Leary Estates en de makelaar gevraagd om twee kamers voor de week op de bedrijfsnaam te boeken. De receptioniste had geen spier vertrokken toen ze incheckte en vroeg niet eens om een identiteitsbewijs.

Terwijl ze uit het hotelraam naar het uitzicht staarde, sloeg Brianna van verrukking haar armen om zichzelf heen. Het hotel stond op een kleine landtong die op korte afstand uitkeek over een meer, Lough Conn, waarvan het blauwe water glinsterde in de zomerzon. Aangezien ze net uit de grijze somberheid van een koude, regenachtige winter in Melbourne kwam, zorgde de zon ervoor dat ze popelde om naar buiten te gaan.

Tien minuten later liep ze bij het hotel vandaan met een kaart die de behulpzame receptioniste haar had gegeven in haar spijkerbroekzak gepropt. Hoewel de weg hier aan de westelijke oever het meer niet volgde, liep er een wandelpad door de bossen dat ernaartoe leidde... en, wat gunstig was voor Brianna's doeleinden, voor een deel langs de grens van het landgoed van Leary liep.

De eigendomskaarten die ze had bemachtigd, lieten zien dat dit deel van het landgoed gedeeltelijk op een schiereiland lag dat in het meer uitstak. Het landhuis zelf stond aan de oever van het meer, de stallen lagen iets dichter bij de weg en er lagen honderden hectaren aan graasweiden omheen.

Na een paar minuten wandelen door de bossen kwam het meer in zicht en aan haar rechterkant maakten de bomen plaats voor grazige weiden met een zware omheining met houten liggers, die helderwit geschilderd was. Bij de eerste aanblik van het terrein dat nu voor de helft van haar was, kon Brianna het niet laten om te stoppen en tegen het hek te leunen om van het uitzicht te genieten.

Er liepen paarden in de wei voor haar: een appelschimmelmerrie die vredig aan het grazen was en een veulen met een donkerdere vacht, die bijna zwart glansde in de zon, en die dartelde in het gras – vlinders achterna jagend, besefte Brianna glimlachend om de capriolen van het veulen. Wat een schatje.

Ze kon een half dozijn soortgelijk omheinde weiden zien, elk bezet door één merrie met een veulen. Ze vroeg zich af waarom de paarden niet bij elkaar werden gehouden zodat de veulens met elkaar konden spelen, maar ze schudde haar hoofd toen de reden tot haar doordrong. Dit waren niet zomaar veulens; elk exemplaar kon een klein, of zelfs een groot fortuin waard zijn. Ze samen laten spelen was vragen om blessures die een kostbaar dier volledig waardeloos konden maken.

Het pad en de omheining volgend, kwam Brianna bij de oever van het meer uit. Het hek boog naar rechts af en volgde de oever, maar op de hoek van de omheining stond een groot bord met Verboden Toegang; Privéterrein, dat duidelijk maakte dat dat deel van de oever privé was. Vanaf haar huidige uitkijkpunt kon ze het huis zien staan, een groot witgekalkt gebouw met een grijs pannendak, en een stukje van wat ze dacht dat het staldak moest zijn, iets verderop.

Nadat ze haar ogen de kost had gegeven, zuchtte Brianna eindelijk en draaide zich om om terug te gaan naar het hotel. Van buiten de grenzen naar het landgoed kijken leverde haar niets meer op;

een kijkje binnen de muren moest wachten tot morgen.

'Charlie, laat Lansdowne Lass vandaag niet naar buiten,' droeg Declan hem op. 'Ze is erg onrustig. Ik denk dat ze vandaag of vannacht gaat werpen.'

'Komt in orde, sorr,' Charlie raakte zijn pet aan en Declan keek hem nors aan.

'Hou daar eens mee op.'

'Jij bent nu de baas, Dec. In het bijzijn van die jongens moet ik respect tonen.' De grijsgeworden oude stalmeester, die Declan al kende sinds hij nog maar een kleine jongen was die over het hek hing te staren naar de paarden in de wei, grijnsde naar hem.

'Hou toch op. Waarom ga je niet met pensioen? De oude heer heeft je in zijn testament rijk gemaakt. Laat deze jongens maar aan mij over.'

Charlie lachte alleen maar. 'Ach, over die jongens maak ik me geen zorgen. Het zijn de paarden die over je heen zouden lopen als ik je aan je lot overliet.'

Declan lachte terug en schudde zijn hoofd. 'Jij bent de grootste zachtei van ons allemaal. Ik zag je vanmorgen nog met melasse aan je vingers, terwijl je Miss Menace probeerde om te kopen zodat ze zich voor je zou gedragen.'

Charlies onschuldige blik zou zelfs de meest naïeve persoon niet hebben misleid. Declan gaf zijn vriend een schouderklopje en liep over het stalplein, terwijl zijn kritische oog een paar strootjes opmerkte die op de bries werden meegevoerd. Hij ving de blik van een van de jongere stalknechten, wenkte de jongen en wees hem op het probleem.

'Die bedrijfsmakelaar is hier zo. Ik wil dat de boel hier onberispelijk is.'

'Zou het niet beter zijn als het een beetje een rommeltje was, sorr? Zodat hij denkt dat het minder waard is dan het in werkelijkheid is?'

'Laat het denken maar aan mij over, Padraic. Pak je bezem maar.' Declan keek toe hoe de tiener zich haastte om zijn bevel op te volgen. Hij keek om zich heen en vond dat alles in orde was; misschien moest hij in zijn auto stappen en naar Ballybronn rijden, het andere terrein waar de hengstenhouderij was. Nee, het bezoek aan Ballybronn met de makelaar stond pas voor de middag gepland en Charlie zou daarheen gaan zodra de ochtendrondes hier klaar waren. Charlie zou er wel voor zorgen dat alles daar gereed was.

Hij had er trouwens geen tijd voor. Een snelle blik op zijn horloge en hij mompelde een verwensing binnensmonds, waarna hij zich omdraaide om met lange, snelle passen terug naar het huis te gaan. Hij moest zich opfrissen en omkleden voordat die stadsmensen arriveerden; hij wilde er niet uitzien als een of andere boerenkinkel met paardenstront op zijn jeans en een oud, gerafeld flanellen overhemd dat een van de veulens had gescheurd toen hij er speels aan trok terwijl hij het kleine kreng met zijn moeder de wei in liet.

De makelaar was precies op tijd; het geluid van een auto op de oprijlaan deed hem de trap af haasten zonder de moeite te nemen zijn haar te kammen; even zijn vingers erdoorheen halen moest maar genoeg zijn. Fionn op kantoor moest hen bij het hek hebben binnengelaten, want niemand kon zomaar naar binnen rijden en er werd vandaag niemand anders verwacht.

Declan verliet het huis net op tijd om met een wantrouwig oog te zien hoe een glimmende zwarte Range Rover voor de deur stopte en er een man en een vrouw uitstapten. Dit moest de bedrijfsmakelaar zijn, Eric Connolly, en de assistente van wie Connolly had gezegd dat hij haar mee zou brengen om aantekeningen te maken.

Connolly was het prototype van een stadse gladjanus in zijn merkkostuum en glimmende schoenen, dacht Declan met zorgvuldig verborgen walging terwijl hij naar voren liep om zich voor te stellen en de man de hand te schudden. De assistente had zich tenminste verstandig gekleed, in een spijkerbroek en stevige schoenen, met een nauwsluitend zwart T-shirt dat Declans blik naar haar mooie figuur trok voordat hij wegkeek en zichzelf vermanend toesprak.

Connolly scheen niet veel van zijn assistente te denken, want hij nam niet eens de moeite om haar voor te stellen. Declan was echter niet van plan om zo onbeleefd te zijn tegen een dame, dus bood hij haar bewust zijn hand aan en noemde zijn naam. Grote groene ogen keken hem kort aan voordat het meisje ze verlegen neersloeg en zijn hand aannam.

'Ik ben Bri,' mompelde ze.

Er was iets bekends aan haar, maar Declan kon er niet precies de vinger op leggen. Terwijl hij hen uitnodigde in het huis, bestudeerde hij haar onopvallend en merkte hoe ze gretig om zich heen keek en alles in zich opnam. Ze was een mooi ding, gaf hij tegenover zichzelf toe, met dik donkerbruin haar in een paardenstaart en een romige, zachte huid met een paar sproetjes over de brug van haar wipneus. Ze was waarschijnlijk halverwege de twintig, jong genoeg om Connolly's dochter te zijn, al dacht Declan niet dat ze dat was. De twee leken totaal niet op elkaar en bovendien negeerde hij haar.

Hoofdstuk Vier

Brianna's huid tintelde en ze wist gewoon dat Declan haar weer aankeek. Wist hij wie ze was? Natuurlijk, als haar oudoom haar had laten onderzoeken, had hij misschien foto's, en die had hij misschien aan Declan laten zien... misschien wachtte hij wel tot ze zichzelf bekendmaakte.

Terwijl ze een blik op hem wierp, ontdekte ze dat hij eigenlijk helemaal niet naar haar keek; zijn ogen waren strak gericht op de hoogdrachtige merrie bij wiens stal ze stonden. Met een blos op haar kaken kauwde ze op de achterkant van haar pen. Het was maar goed dat meneer Connolly haar had verteld dat hij haar aantekeningen niet echt nodig had; hij nam alles op met zijn telefoon om het later terug te kunnen luisteren.

Vanonder haar wimpers gluurde ze opnieuw naar Declan. Waarom had ze er niet aan gedacht om hem ook te onderzoeken, in plaats van alleen het landgoed? Hij was veel jonger dan ze had verwacht, niet veel ouder dan dertig, schatte ze, en serieus aantrekkelijk. Hij was ongeveer een meter tachtig lang, met brede schouders en sterke armen; dikke spieren bolden onder de mouwen van zijn T-shirt met korte mouwen uit. Zijn donkerbruine haar was aan de lange kant en krulde op een onhandelbare manier in zijn nek en over zijn oren. Zijn huid was gebruind door de vele uren die hij in weer en wind buiten doorbracht, en er stonden lichte lachrimpeltjes in de hoeken van zijn donkerblauwe ogen.

Die ogen gleden toen weer haar kant op, en ze wendde haar blik snel af. *Houd op met staren!* beval ze zichzelf. *Je maakt hem nog achterdochtig!*

Brianna probeerde zich in plaats daarvan op haar omgeving te concentreren toen ze het huis binnengingen. Het huis, dat volgens Declan Galamor heette, was vanbinnen nog mooier dan vanbuiten, met antieke houten meubels die glanzend opgeboend waren en dik gestoffeerde, comfortabele stoelen. Meneer Connolly bekeek de schilderijen aan de muur met het oog van een kenner en stelde Declan vragen over de kunstenaars en de herkomst van de doeken.

Een knappe Ierse vrouw van middelbare leeftijd bracht een dienblad met thee en wat zandkoekjes binnen. Brianna zat aan haar thee te nippen, knabbelde aan een koekje en nam alles in zich op. Het huis en de inboedel alleen al waren prachtig, als een statig landhuis.

'Hoe oud is het huis?' vroeg ze zachtjes tijdens een pauze in het gesprek.

'Er staat hier al een huis sinds de veertiende eeuw, hoewel Galamor in de huidige vorm in 1745 werd voltooid.' Declan keek haar nieuwsgierig aan. 'Je bent geen Ierse?'

'Ze is hier via een uitwisselingsprogramma. Gewoon een stagiair.' Meneer Connolly onderbrak hem snel en wierp Brianna een waarschuwende blik toe. Ze nam het zichzelf al kwalijk; ze wist dat haar accent haar zou verraden als Australische en ze had zich voorgenomen om zo min mogelijk te zeggen. Terwijl ze haar lippen stevig op elkaar perste, zwoer ze geen woord meer te zullen zeggen.

Declan gaf hen een korte rondleiding door het huis. De slaapkamers waren even prachtig ingericht als de ontvangstkamers, alle zeven, en Brianna was verrast dat elk van hen een eigen moderne badkamer had. Ze fluisterde een snelle vraag aan Connolly, die Declan vervolgens vroeg wanneer de badkamers waren geïnstalleerd.

'Ongeveer tien jaar geleden. De heer Leary verbleef twee maanden in Amerika om nieuw fokmateriaal voor de stoeterij te kopen en besloot van de gelegenheid gebruik te maken om het huis te moderniseren. Tegelijkertijd werd de keuken verbouwd, werden er discrete zonnepanelen op het dak geplaatst en werden er regenwatertanks bij de stallen geplaatst.' Declan glimlachte om hun onder de indruk zijnde blikken. 'Het huis had daarvoor elf slaapkamers en slechts drie badkamers. Af en toe kwam er een eigenaar een paar dagen logeren, en de heer Leary vond dat het beter was om meer moderne gemakken te hebben.'

'Ik durf te wedden dat het de waarde van het huis aanzienlijk heeft verhoogd,' zei meneer Connolly met een knikje, en ze liepen verder. Ze namen een andere trap dan die ze naar boven hadden genomen terug naar de begane grond.

'Dit was oorspronkelijk de diensttrap,' zei Declan, 'en dit is de dienstvleugel van het huis... de keuken, voorraadkast, wasruimte en de bijkeuken voor de laarzen.'

Omdat hij had gezegd dat de keuken was vernieuwd, had Brianna half een moderne keuken in restaurantstijl verwacht met overal roestvrij staal en glas, maar dat was helemaal niet wat ze aantroffen toen Declan een deur openduwde. In plaats daarvan was er een enorm rood geëmailleerd fornuis en een geschrobde grenen tafel, kasten van licht gebeitst hout met een blad van honingkleurig marmer, en zelfs een grote, zachte bank onder de grote ramen aan de andere kant van de kamer. Een cyperse kat die op de bank lag te slapen, tilde zijn kop op en gaf hen een slaperige groene blik, en de vrouw die hun thee had gebracht, stond op van haar stoel aan de tafel waar ze erwten in een schaal had zitten doppen.

Het was de mooiste en meest huiselijke kamer die Brianna ooit had gezien. Ze wilde het liefst op de bank neerploffen en de cyperse kat aaien, genietend van de warme en vriendelijke uitstraling van de kamer.

Meneer Connolly moest haar bij haar elleboog grijpen en haar bijna de kamer uit trekken toen ze verder liepen, en Brianna kon het niet laten om weemoedig over haar schouder te blijven kijken toen ze het huis via een achterdeur verlieten.

'Je zult een kunsttaxateur moeten inschakelen,' fluisterde de makelaar zachtjes in haar oor terwijl ze Declan langs een grote moestuin naar het stalgebouw volgden. 'Ik geloof dat een van die schilderijen een Gainsborough was. De kunstcollectie is misschien wel meer waard dan de rest bij elkaar.'

'Hoort die bij het landgoed?'

'Dat denk ik wel. We kunnen het papierwerk in het hotel controleren.'

'Kent u iemand?' Brianna hoopte van wel, dan hoefde ze niet zelf weer een andere expert te zoeken en te benaderen.

'Ja, toevallig wel; hij werkt bij veilinghuis Sotheby's in Dublin. Ik heb hem vaker geraadpleegd wanneer een bedrijf dat ik taxeerde aanzienlijke kunstbezittingen had. Ik zal hem bellen als we hier vandaag klaar zijn.'

'Bedankt.'

Declan was blijven staan voor hij een hek opende en wachtte op hen. Connolly gaf hem een beleefde glimlach. 'Ik gaf mijn assistente net even wat aantekeningen door.'

Ze was in ieder geval zo verstandig geweest om een notitieblok mee te nemen, dacht

Brianna, terwijl ze het haastig uit haar tas viste en een pen zocht onder de nieuwsgierige blik van Declan. Ze krabbelde kunsttaxateur Sotheby's Gainsborough??? op de eerste pagina en glimlachte strak terwijl hij haar bleef aankijken. Eindelijk keek hij weg en opende het hek.

'Zoals u weet, is Galamor het grootste van de twee percelen waaruit het landgoed bestaat. Het andere perceel, Ballybronn, is de hengstenhouderij, die ruimte biedt aan twaalf hengsten, hoewel er momenteel slechts elf staan. Galamor is het fokmerrie- en veulenverblijf, en we hebben hier stalruimte voor zeventig merries en veulens in speciaal daarvoor gebouwde stallen, plus nog eens veertig tijdelijke boxen voor merries die komen om gedekt te worden. Zestien van de merries zijn volledig in eigendom van Leary Estates en verblijven hier permanent; de rest komt en gaat. Op dit moment zitten we helemaal vol. De meeste veulens van dit seizoen zijn al geboren en de merries en veulens brengen een deel van de dag buiten door in individueel omheinde weiden.'

'De meeste veulens?' vroeg Connolly toen ze stopten bij een van de weinige bezette stallen. De deuren stonden open; een stalen ketting was de enige barrière die het paard binnenhield. Al wist Brianna vrij zeker dat de merrie geen enkele intentie had om een uitbraakpoging te doen. Ze stond te dutten op een dik bed van schoon stro, haar drachtige buik enorm opgezwollen.

'Dit is Lansdowne Lass, een van onze eigen merries,' zei Declan, en Brianna keek hem verrast aan, want tot dat moment was zijn toon zakelijk en koel geweest. Maar terwijl hij over het paard sprak, werd zijn stem lager en zachter, en toen ze hem aankeek, zag ze een milde glimlach op zijn gezicht. Hij hield van de paarden, dacht ze, hij hield echt van hen.

'Ze is drachtig van Oracular, een van onze tophengsten. Zijn dekgeld is zeventigduizend euro per dekking.'

Brianna's mond viel open. Sommige hengsten op het landgoed van Leary hadden op de website bij hun tarieven 'prijs op aanvraag' staan, en ze accepteerden bovendien alleen merries wier bloedlijnen waren gecontroleerd en goedgekeurd. Ze had werkelijk geen idee gehad van de astronomische bedragen die gemoeid waren met de allerbeste hengsten.

Blijkbaar wist de bedrijfsmakelaar het wel, want hij knikte alleen zonder enig spoor van verrassing. Hij had natuurlijk de boekhouding van het bedrijf van de afgelopen vijf jaar al ter inzage gekregen; deze inspectie van het landgoed was de laatste stap in zijn evaluatieproces. Vermoedelijk wist hij alles van de dekgelden, hoeveel het landgoed vroeg per dekking en hoeveel van dergelijke dekkingen er per jaar plaatsvonden.

Ze zou die avond bij het diner heel wat vragen gaan stellen, dacht Brianna, en ze begon haar notitieblok nu echt serieus te gebruiken door zaken op te schrijven waarover ze opheldering wilde vragen terwijl de twee mannen praatten.

Vreemd genoeg bleef Declan, nu ze eindelijk het werk deed waarvoor ze zogenaamd was meegekomen, een aanzienlijk deel van zijn tijd naar haar kijken. Brianna ving zijn blik talloze keren op terwijl ze hun ronde over Galamor vervolgden en het stalgebouw, de opslagruimtes, de voermengkamer en een rij kleine hutjes bekeken waar de inwonende stalknechten verbleven.

'Ze krijgen drie maaltijden per dag als onderdeel van hun arbeidsvoorwaardenpakket,' zei Declan. 'Molly, die u boven in het huis heeft ontmoet, doet het huishouden en voedt alle hongerige monden. Haar man is onze dierenarts.'

'U heeft jouw eigen fulltime dierenarts in dienst?' vroeg meneer Connolly met een frons.

'Ja. Geloof me, we hebben hem hier elke dag nodig. Elke merrie moet bloedonderzoek en een medische keuring ondergaan voordat ze naar de hengsten gaat, en er kunnen meer dan duizend merries per seizoen langskomen. Als we standaard consulttarieven zouden betalen, zouden de rekeningen voor de dierenarts astronomisch zijn... om nog maar te zwijgen van de voorrijkosten voor lastige bevallingen rond middernacht!' Declan glimlachte, waarbij de rimpeltjes bij zijn ogen weer verschenen, waardoor Brianna's knieën slap werden.

'Woont hij op het terrein?'

'Hij en Molly delen een huisje vlak bij de grens tussen Galamor en Ballybronn. Huurvrij, in ruil voor hun arbeid, uiteraard.'

'Dat lijkt hier een veelvoorkomend thema te zijn,' merkte Connolly op. Brianna beet op haar tong. Het leek haar een volkomen verstandige regeling, maar Connolly klonk nogal minachtend. Ze wierp hem vanonder haar wimpers een boze blik toe en hield pas op toen ze merkte dat Declan haar verbaasd aankeek.

Hoofdstuk Vijf

ER WAS IETS VREEMDS aan de assistente van Eric Connolly, en Declan kon er met de beste wil van de wereld niet de vinger op leggen. Ze was druk aan het krabbelen in haar notitieblok, maar toen hij een snelle blik over haar schouder wierp, leek ze meer vragen op te schrijven dan aantekeningen te maken van zijn antwoorden. Ze zei nooit een woord dat hij kon horen, maar hij betrapte haar er een paar keer op dat ze Connolly iets toefluisterde, en hij zag haar ook een keer naar de makelaar kijken met een blik die niets minder dan pure woede uitstraalde.

Toen ze terugkeerden naar het huis voor de lunch voordat ze naar Ballybronn zouden gaan, kon hij zijn ogen niet van haar afhouden. Ze was bepaald niet onprettig om naar te kijken, gaf hij in stilte toe, hoewel hij zichzelf probeerde wijs te maken dat dat niet de reden was dat hij naar haar keek. Er klopte iets niet, en zijn instinct schreeuwde dat hij moest uitzoeken wat.

De grote keuken was vol; de stalknechten namen plaats aan de grote grenen tafel en bedienden zichzelf van de schalen met sandwiches die klaarstonden. Connolly's neus rimpelde van afkeer, maar Bri nam met een vriendelijke glimlach plaats tussen twee van de jongsten en nam een bord aan dat een van hen haar aanreikte.

Declan had graag dichterbij willen zitten om te horen wat ze te zeggen had, maar er waren nog maar twee stoelen vrij aan het uiteinde van de tafel en hij moest naast Connolly gaan zitten. Hij moest lijdzaam aanzien hoe de man zijn neus ophaalde voor het feit dat hij een tafel en een maaltijd moest delen met stalknechten. In plaats daarvan merkte hij dat hij naar Bri keek, naar haar fijne handen met lange vingers terwijl ze haar glas water optilde om te drinken, en naar de manier waarop haar lippen krulden toen ze glimlachte om een van de onbeholpen grappen van een stalknecht.

De middag verliep vrijwel hetzelfde als de ochtend, hoewel Bri nog meer onder de indruk leek van de prachtige Volbloedhengsten op Ballybronn dan ze van de merries was geweest. Ze kwamen aan net toen Charlie Prestigious uit zijn stal haalde om naar de hengstenstal te gaan, en Bri's ogen werden groot en rond.

'Blijf op afstand,' Declan stak een hand uit om haar tegen te houden toen ze onbewust een stap zette in de richting van de magnifieke hengst, die elegant over het erf paradeerde met gespitste oren en de staart hoog in de lucht. 'Die daar heeft een rotkarakter.'

'Is dat geen ongewenste eigenschap?' Ze sloeg die enorme groene ogen naar hem op en leek te vergeten dat ze hem ontweek, totdat de woorden haar mond al uit waren.

'Normaal gesproken wel, maar Prestigious heeft in zijn racecarrière zeven Group One-races gewonnen, en zijn nakomelingen hebben er nog tientallen meer gewonnen, kwaad karakter incluis.' Hij haalde zijn schouders op. 'Voor genoeg geld neem je dat slechte gedrag op de koop toe.'

'Vrouwen pikken zeker slecht gedrag van mannen voor genoeg geld!' onderbrak Connolly met een luidruchtige lach. 'Hè? Nietwaar?'

Bri's blik van afkeer was nog intenser dan die van Declan, en hij vroeg zich plotseling af of haar baas haar seksueel intimideerde. Connolly leek hem wel zo'n type. Instinctief kwam Declan een fractie dichter bij Bri en legde zijn vingers lichtjes om haar elleboog.

'Kom in plaats daarvan kennismaken met Oracular. Hij is, nou ja, niet echt mak – ik betwijfel of je enige Volbloed-hengst mak kunt noemen – maar hij is zachtaardig. Hij heeft tot nu toe nog nooit geprobeerd om een van mijn stalknechten te bijten of te trappen.'

Ze probeerde zich niet los te maken terwijl hij haar over het erf naar de topstal leidde, waar Oracular over zijn deur leunde en ongeduldig naar Declan hinnikte.

'Ja, je weet dat je de prins bent, hè?' mompelde Declan, terwijl hij over de lange witte bles op de neus van de zwarte hengst streek.

'Hij is prachtig,' fluisterde Bri. 'Mag ik hem aaien?'

'Natuurlijk. Leg je hand tegen zijn wang, hier, en ga met je vingers onder zijn kaak door. Daar vindt hij het heerlijk om gekrabbeld te worden.'

Oracular stak zijn kaak naar voren en zijn ogen sloten zich van genot terwijl Bri krabbelde, en ze lachte. 'Jij grote goedzak. Ik heb niets lekkers voor je meegenomen.'

'Hier.' Declan had altijd wel iets in zijn jaszak. Hij overhandigde Bri een paar samengeperste groene brokjes en wilde haar net vertellen dat ze haar hand plat moest houden met de traktatie op haar palm, toen ze dat al uit zichzelf deed. 'Heb je vaker met paarden gewerkt?' vroeg hij terwijl Oracular de brokjes met zijn lippen van haar hand pakte.

'Als kind was ik gek op pony's. Maar we woonden in de stad.' Ze keek weemoedig en gaf Oracular nog een laatste krabbel onder zijn kaak voordat ze een stap terug deed. 'Ik heb in geen, ach, zeker tien jaar meer op een paard gezeten.'

Hij wilde meer vragen, haar laten vertellen over haar jeugd met die zachte, muzikale stem met dat accent, maar Eric Connolly schraapte nadrukkelijk zijn keel en stelde een vraag.

Houd op met praten tegen een meisje dat je nooit meer zult zien en concentreer je op wat echt belangrijk is. Declan dwong zichzelf om zich om te draaien.

'Ja, we kunnen nog een hengst huisvesten. De meeste zijn natuurlijk eigendom van syndicaten;

alleen Oracular is volledig eigendom van de Leary Estate.'

Connolly fronste zijn wenkbrauwen. 'Al de dekgelden van Prestigious waren echter in de rekeningen van de afgelopen drie jaar opgenomen als inkomsten voor het landgoed.'

'Dat klopt, maar Prestigious werd in het testament van meneer Leary buiten de nalatenschap gehouden. Hij werd nagelaten aan Charlie, de stalmeester van meneer Leary.'

Connolly keek behoorlijk afkeurend, en Bri hield haar hoofd schuin en wierp Declan een nieuwsgierige blik toe, hoewel ze niets zei. Hij had de indruk dat er een vraag op het puntje van haar tong lag die ze weer inslikte.

'Dat slaat een flink gat in de inkomstenstroom van het landgoed,' mompelde Connolly.

'Dat is zo,' beaamde Declan, 'maar ik heb met de bank overlegd over de lening die ik moet afsluiten om het resterende deel van het bedrijf van de andere eigenaar over te kopen, en de bank heeft er alle vertrouwen in dat ik de lening kan aflossen met de resterende inkomsten.'

'Als u tenminste maar acht miljoen euro hoeft te lenen,' zei Connolly somber, en Declans kaken klemden zich op elkaar. Acht miljoen was het absolute maximum dat de bank hem wilde lenen, maar als de makelaar het bedrijf te hoog taxeerde en de andere eigenaar erop stond het op de vrije markt te brengen, zou hij geen schijn van kans maken. Er zou een biedoorlog ontstaan en de stoeterijen zouden worden opgekocht en geabsorbeerd door een van de grotere partijen, en hoewel hij dan op papier miljonair zou zijn, zou hij nog steeds het enige verliezen wat er ooit voor hem toe had gedaan.

Bri keek hem van opzij aan vanonder haar wimpers met een onleesbare uitdrukking op haar gezicht. Declan dwong zichzelf om te glimlachen, ook al wist hij dat het waarschijnlijk meer op een grimas leek. 'Zullen we verdergaan?'

Ze voltooiden de rondleiding op Ballybronn en liepen via het pad terug naar Galamor. Hij zou ze eigenlijk weer thee moeten aanbieden, maar eerlijk gezegd wilde hij gewoon dat ze weg waren zodat hij een stevig glas whisky voor zichzelf kon inschenken om zijn zorgen weg te drinken. Hij begeleidde hen rechtstreeks naar de opzichtige Range Rover van Connolly en nam beleefd afscheid van de man voordat hij voor Bri langs stapte en het passagiersportier voor haar opende. Ze wierp hem een verraste blik toe en hij bood haar zijn hand aan.

'Het was aangenaam kennis met je te maken, Bri.'

'Insgelijks,' zei ze na een moment, terwijl ze met een glimlachje zijn hand aannam. Een krankzinnig moment lang dacht hij erover om haar telefoonnummer te vragen, of ze ooit de stad uitkwam in het weekend, voordat hij die gedachte van zich afschudde. Een stadsmeisje was wel het laatste wat hij nodig had.

'Tot ziens.' Hij liet haar hand los, wachtte tot ze in de auto zat voordat hij de deur voor haar sloot, en keek met een zucht van verlichting de auto na terwijl die de oprijlaan afreed.

Molly keek op van een grote pan die op het fornuis stond toen hij de keuken binnenkwam en grijnsde naar hem. 'Denk je alweer met je verstand in plaats van met je hormonen?'

'Wat bedoel je?' Hij fronste zijn wenkbrauwen naar haar.

'O kom op, Dec, je had de hele middag alleen maar oog voor dat meisje.' Ze keek zeer geamuseerd en hij liet zich met een kreun in een stoel aan de keukentafel vallen.

'Schei uit, Molly.'

'Het is de eerste keer dat ik je zo heb zien wegzwijmelen bij een meisje.'

'Ik zei: schei uit!'

Ze lachte hem uit. Molly kende hem al van toen hij nog een baby was en ze schroomde niet om hem een beetje te plagen. 'Ach, je had toch nooit een kans gehad, Dec.'

'Hoezo niet?' Ze klonk zo zeker van haar zaak dat hij wel nieuwsgierig moest zijn.

'Nou, ze hebben gereserveerd voor de hele week in Duncarrick, nietwaar?'

'Wat?' Declan staarde haar verbijsterd aan. 'Gaan ze vanavond niet terug naar Dublin?' Het was pas vier uur in de middag, en het was ongeveer vier uur rijden terug naar de stad. Hij was ervan uitgegaan dat ze maar één nacht bleven, maar Molly's zus Moira en haar man waren de eigenaren van het Duncarrick Hotel. Moira was een onfeilbare bron.

'Ze blijven een week.' Molly knikte gewichtig. 'Moira vroeg me ernaar, ze wilde weten wat ze in hemelsnaam een week lang hier moesten doen.'

'Delen ze een kamer?' Declan voelde zich onredelijk teleurgesteld.

'Ze hebben twee kamers geboekt op naam van de zaak, maar volgens Moira is dat vast een dekmantel voor het geval zijn vrouw belt om hem te controleren. Ze zaten gisteravond tijdens het eten met hun hoofden heel dicht bij elkaar, fluisterend, en ze werden stil zodra ze in de buurt kwam.'

'Ik begrijp het.' Dus dat ze elkaar de hele tijd negeerden was maar toneelspel geweest.

Nu had hij echt behoefte aan een whisky.

Hoofdstuk Zes

Declan kwam de volgende ochtend terug van het erf, zijn voorhoofd geplooid van zorg. Lansdowne Lass was nog steeds niet aan de bevalling begonnen, en hoewel Ted, zijn dierenarts en Molly's echtgenoot, zich geen zorgen maakte, deed Declan dat wel. De merrie was een eerstbarende en zag er behoorlijk gestrest uit. Hij was van plan snel een boterham te eten en weer naar haar toe te gaan om bij haar te blijven, hoe lang het ook mocht duren.

Molly's zus Moira was echter in de keuken om te helpen bij het opdienen van de lunch, en Declan had de afgelopen uren te veel tijd gehad om te peinzen.

'Ik dacht dat je bij je gasten in het hotel zou zijn, Moira,' merkte hij op. 'Of zijn ze hun kamer nog niet uitgekomen?'

'Ach, daar had ik het net met Molly over,' zei Moira met een grijns. 'Ik denk dat ik het bij het verkeerde eind heb gehad, want meneer Connolly is vanmorgen weer naar Dublin vertrokken, zo vrolijk als wat.'

Declan knipperde met zijn ogen. 'Zijn ze niet gebleven?'

'Hij is niet gebleven. Het meisje is er nog. Ze zegt dat ze in ieder geval de hele week blijft.'

Dat sloeg nergens op. Declan staarde naar Moira en daarna naar Molly, die haar schouders ophaalde om haar eigen onbegrip te tonen.

'Waarom zou hij een stagiair hier een week lang alleen laten? Heeft ze überhaupt wel een eigen auto?'

'Nee,' schudde Moira haar hoofd. 'Ze is gisterochtend met een taxi uit Knock gekomen. Lief meisje, ze heeft me alles verteld over Melbourne...'

'Melbourne, Australië?'

'Nou ja, natuurlijk.' Moira keek hem vreemd aan. 'Heb je niet met haar gesproken? Dat accent is zo duidelijk als wat, ik hoorde het meteen. Ik heb te veel naar Neighbours gekeken, nietwaar?' Ze gaf Molly een duwtje en lachte.

'Bri,' zei Declan tegen Molly, die duidelijk ook twee en twee had opgeteld en er net zo geschokt uitzag als hij zich voelde. 'Brianna Lane.'

'Is ze beroemd of zo?' vroeg Moira nieuwsgierig.

'Zij is de andere erfgenaam,' zei Molly toen Declan geen woord kon uitbrengen. Een rode waas van woede steeg op voor zijn ogen.

Dat achterbakse, liegende rotwijf. Hierheen komen onder valse voorwendselen, alles met hebzuchtige ogen bekijken, ongetwijfeld in Connolly's oor fluisteren om te zorgen dat de makelaar niets over het hoofd zag wat waarde zou kunnen hebben, zodat ze elke laatste dollar uit het bedrijf kon persen. Als hij haar in zijn vingers kreeg, dan zou hij...

Dan zou hij...

De herinnering aan die grote groene ogen schoot door zijn hoofd en hij schudde het woedend van zich af. Ze had met hem gespeeld, zich voorgedaan als onschuldig en verlegen, en nu wist hij absoluut zeker dat dat ook een leugen was. Hij had in zijn leven nog nooit een vrouw geslagen, hij had zelfs nog nooit een van zijn merries een tik gegeven, maar als Bri op dat moment voor hem had gestaan, zou hij zeer in de verleiding zijn gekomen om zijn handen om haar nek te sluiten.

'Dec,' Molly's zachte stem haalde hem uit zijn razernij; ze keek hem angstig aan. 'Ga nu geen dwaze dingen doen.'

De spieren in zijn kaak spanden zich aan. 'Ik overweeg geen moord, Molly. Tenminste, niet serieus. Dat zou mijn probleem trouwens toch niet oplossen, of wel?' Hij zou dan alleen maar opgescheept zitten met wie dan ook de erfgenaam van Brianna was. Waarschijnlijk haar ouders; hij wist uit het dossier van Alastair dat ze enig kind was.

'Wat ga je doen?' vroeg Moira met een zachte stem. 'Wil je dat ik met haar praat, vraag wat ze van plan is?'

'Nee.' Declan wreef met een hand over zijn voorhoofd en zuchtte. 'Nee. Ik heb tijd nodig om na te denken. Zeg niets tegen haar, Moira.'

'Misschien heeft zij ook tijd nodig om na te denken,' merkte Moira verstandig op. 'Ze is tenslotte nog maar een jonge meid. Ik denk dat dit voor haar ook een behoorlijke schok is geweest. Jij wist tenminste dat Alastair de erfenis verdeelde; ik geloof niet dat ze zelfs maar wist dat hij bestond.'

'Heeft ze je dat verteld?' Declan fronste; dat leek hem naïef van Brianna. Dit was het platteland, waar iedereen elkaar kende. Praten over een grote erfenis zou ongetwijfeld voer voor roddels zijn.

'Nee, maar ze zei wel iets over dat dit de laatste plek was waar ze had verwacht te zijn. Ik tel nu gewoon twee en twee op, nu ik weet wie ze is.' Moira haalde haar schouders op. 'Jij was degene die zei dat Alastair zijn zaakgelastigde opdracht had gegeven geen contact op te nemen.'

'Ik denk niet dat hij op dat moment al een besluit had genomen,' zei Declan zachtjes. 'Ik denk dat hij wilde weten wie de nakomelingen van zijn zus waren, of ze het waard waren, voordat hij zijn keuze maakte.' En Alastair had besloten dat Brianna het waard was; Alastair van wie Declan had gehouden als van een vader, die hij meer had gerespecteerd dan wie dan ook.

Met een diepe zucht pakte hij een van de boterhammen van de schaal die Molly net had klaargemaakt. 'Ik ga terug naar Lansdowne Lass. Ik ben in haar stal als iemand me zoekt. Vertel alsjeblieft niet rond wie Brianna is. Ik wil niet dat ze weet dat wij het weten.'

Hij wachtte op hun instemmende knikjes voordat hij weer naar buiten liep, terwijl hij onderweg de boterham in zijn mond propte.

Lansdowne Lass stond met gespreide benen in het stro toen hij terugkwam, haar edele hoofd laag gebogen.

'Hé, meisje.' Declan aaide zachtjes over een hangend oor en ze snoof, terwijl ze een groot donker oog naar hem toe rolde. 'Jij ziet er ook niet uit alsof je een goede dag hebt.'

Ze kon hem natuurlijk niet antwoorden. Voorzichtig reikte hij uit om over haar buik te strijken en voelde rond. Het veulen bewoog op dit moment niet, niet dat er nog veel ruimte was daar binnen.

Eindelijk deed Declan een stap terug en ging op een reservebaal stro zitten die hij naar binnen had gebracht. Terwijl hij achterover tegen de muur leunde, sloot hij zijn ogen en probeerde na te denken, probeerde zich alles te herinneren wat Bri de vorige dag had gezegd. Het enige wat hij zich leek te kunnen herinneren was haar uitdrukking van onschuldige verrukking toen ze over het vorstelijke hoofd van Oracular aaide, maar met een grom opende hij zijn ogen weer. Ze was niet onschuldig, ze was hier onder valse voorwendselen geweest, en haar mooie gezichtje en lieve glimlach zouden hem verdomme geen tweede keer voor de gek houden!

Hij had de vorige nacht doorgebracht in een slaapzak in het stro in een hoek van de stal van de merrie, dus hij had niet veel slaap gehad. Terwijl hij tegen de muur aan leunde en indutte, schrok hij wakker toen de merrie een diepe kreun slaakte.

'Hé, Lass.' Hij drukte zich met een eigen kreun omhoog van de baal terwijl zijn stijve rug protesteerde, en ging naar de merrie toe, die nu op haar zij lag en zwaar hijgde. Hij kon het al zien: de huid over haar buik rimpelde terwijl de wee door haar heen golfde. 'Rustig maar, dapper meisje. Het lijkt erop dat je baby klaar is om te komen.' Hij hield zijn stem laag en sussend, en aaide de hals en schouder van de merrie terwijl ze rilde en opnieuw kreunde.

Terwijl hij zijn telefoon uit zijn zak viste, stuurde Declan een kort tekstbericht naar Ted en daarna nog een naar Charlie. De dierenarts zou in de hengstenstal toezicht houden, maar hij zou er zo snel mogelijk zijn. Declan had inmiddels waarschijnlijk al evenveel bevallingen bijgewoond als de dierenarts; er was weinig dat hij niet aankon, tenzij de merrie een hevige bloeding kreeg of er iets ernstig misging en ze een keizersnede nodig had. De stal was een van hun speciale kraamstallen die helemaal was ingericht om de operatie uit te voeren als dat moest, maar Declan hoopte vurig dat het niet nodig zou zijn.

'Rustig, Lass, rustig maar.' Er golfde weer een wee over haar buik en plotseling kwam er een grote golf vloeistof uit haar achterhand, die snel werd geabsorbeerd door het dikke stro op de stalvloer.

'Daar gaan we.' Hij had haar staart eerder al ingezwachteld om hem uit de weg te houden en hurkte nu achter haar neer om te kijken. Nog geen spoor van de neus van het veulen, maar het zou niet lang meer duren; de geboorte bij paarden ging snel.

Hij zat met zijn rug naar de staldeur, dus toen hij het geluid van schrapende voetstappen op het beton buiten hoorde, nam hij aan dat Charlie of Ted arriveerde.

'Kom binnen,' zei Declan kortaf, 'het gebeurt nu, op dit moment.'

'Komt het veulen eraan?'

Hij draaide zich razendsnel om en staarde naar Brianna die in de deuropening stond. 'Jij.'

Ze deed een klein stapje terug onder zijn woedende blik. 'Hoi. Molly zei dat je hier was...'

Hij verengde zijn ogen en keek haar aan.

'Ze vertelde me dat u het weet.'

'Wat doet u hier?' vroeg hij botweg.

Hoofdstuk Zeven

BRIANNA DEINSDE TERUG VOOR de felle blik van Declan, maar ze was niet van plan om te vluchten. 'Ik ben hier om mijn excuses aan te bieden', zei ze als antwoord op zijn vraag.

Zijn norse blik werd alleen maar donkerder. 'Moira heeft u dus verteld dat we u doorhadden?' zei hij bars.

'Nee. Ik ben naar het huis gelopen en heb aangeklopt. Molly's teleurgestelde blik vertelde me dat u al geraden had wat ik kwam opbiechten.'

Lansdowne Lass kreunde, een laag, vreselijk geluid, en Brianna kwam instinctief naar voren. 'Laat me alsjeblieft helpen. Ik zou haar hoofd kunnen vasthouden, haar kunnen troosten...'

Declans kaken bewogen krampachtig en ze zag bijna het moment waarop hij besefte dat hij haar niet zomaar van het terrein kon sturen. 'Vooruit dan', zei hij kortaf. 'Maar alleen tot Charlie of Ted arriveert. Ik heb hier ervaren handen nodig.'

Ze kon het hem niet kwalijk nemen dat hij er zo over dacht. Ze stapte de stal in, knielde bij het hoofd van de merrie en streelde voorzichtig over de van zweet glanzende nek. 'Rustig maar, meisje. Alles komt goed', suste ze, terwijl ze haar best deed om haar stem laag en zacht te houden, geruststellend voor het lijdende dier.

Declan bromde iets en Brianna keek over het lichaam van de merrie naar hem. 'Alles goed?'

'De voorhoeven en de neus zijn eruit', zei hij kort. 'Het zal nu niet lang meer duren.'

'Dat ging snel!'

'Een bevalling bij paarden gaat meestal snel. Als het langer dan een uur duurt, is er iets ernstig mis. Kom op nu, Lass, je kunt het', spoorde Declan haar aan, terwijl hij Lass voorzichtig op haar achterkant klopte. 'Kom op, duw dat hoofdje eruit.'

De merrie kreunde opnieuw en Brianna keek gefascineerd toe hoe de huid over haar buik rimpelde bij de volgende wee. Declan slaakte een triomfkreet.

'Dat is het, lieverd!'

Brianna rekte haar nek om het te kunnen zien en keek hoe Declan naar achteren bewoog en voorzichtig aan twee kleine hoefjes trok. Plotseling gleed het veulen in zijn geheel op het stro.

'O, mijn God', fluisterde Brianna vol ontzag, terwijl ze toekeek hoe Declan met een handvol schoon stro de meeste nattigheid van het lichaam van het veulen veegde voordat hij hem voorzichtig optilde en naar het hoofd van de merrie bracht. Lass zocht al naar haar baby; haar hoofd kwam omhoog en draaide rond, terwijl er zachte snuifjes uit haar neusgaten kwamen tot het veulen vlak naast haar werd gelegd. Meteen begon ze hem schoon te likken en Brianna glimlachte van vreugde.

'Je wordt een geweldige mama', fluisterde ze, terwijl ze zelf naar achteren stapte om de kersverse moeder tijd en ruimte te geven om een band met haar baby op te bouwen. Ze keek op naar Declan en zag weer die liefdevolle glimlach op zijn gezicht terwijl hij neerkeek op het wonder van het nieuwe leven.

De glimlach verdween zodra Declan haar vliegensvlug aankeek.

'Verdomme, we hebben het gemist!' riep een stem uit, waardoor ze allebei wegkeken.

'Eruit', zei Declan, terwijl hij met zijn hoofd richting de deur knikte waar twee mannen stonden te kijken. 'We laten Ted het hier afmaken. U en ik moeten praten.'

Ted was de dierenarts, herinnerde Brianna zich, de man van Molly. Een vrij kleine man met peper-en-zout haar en veel lachrimpeltjes rond zijn ogen; hij keek haar nieuwsgierig aan terwijl Declan de staldeur voor haar openhield zodat ze naar buiten kon. De andere man bij hem, Charlie, herkende ze van haar eerdere rondleiding. Hij was de stalmeester aan wie haar oudoom de kostbare hengst Prestigious had nagelaten. Hij had blijkbaar nog niets gehoord over haar identiteit, want hij keek haar verbaasd aan en zei: 'Declan, wat...', voordat een scherp gebaar van Declans hand hem onderbrak.

'Later', zei Declan. 'Deze kant op, Miss Lane.'

Charlies grote ogen vertelden haar dat hij de link had gelegd, en Brianna slaakte inwendig een zucht terwijl ze Declan volgde. Misschien was het toch niet zo'n slim idee geweest om hier incognito naartoe te komen.

Declan leidde haar naar een klein betegeld vertrek met een wasbak in de hoek, pompte zeep op en begon zijn handen en armen te wassen, die besmeurd waren met bloed en vloeistoffen. Met een blik op zijn met bloed bespatte T-shirt trok hij met een grimas ook dat uit, waardoor Brianna met open mond naar hem bleef staren.

Wie wist dat werken met paarden een man zo gespierd kon maken? Declans torso bestond uit puur spierweefsel; hij had zelfs een perfect gedefinieerde sixpack. Brianna moest erg haar best doen om niet te kwijlen terwijl hij zich heel onbevangen waste, een doek natmaakte en die heerlijke buikspieren afnam. Ten slotte gooide hij de doek in de wasbak, draaide de kraan dicht en boog voorover om een lade te openen. Hij pakte een handdoek om zich af te drogen en draaide zich toen om om haar weer met die donkere blik te fixeren.

'Misschien wilt u nu uitleggen waar die verdomde stunt van gisteren goed voor was?' gromde hij.

Ik ben niet bang voor jou. Er schuilt een zacht hart onder al die norse blikken, en als ik hier gisteren niet was geweest, als ik de liefde op jouw gezicht niet had gezien terwijl je over jouw paarden praatte, dan had ik dat niet geweten. Daarom.

Ze was echter verstandig genoeg om dat niet hardop te zeggen. In plaats daarvan gaf ze hem een aarzelende glimlach. 'Ik wilde de plek gewoon zien zonder dat de rode loper werd uitgerold voor de nieuwe eigenaar. Ik wilde het zien zoals het echt is, met al zijn onvolkomenheden.'

'Waarom denkt u dat we de rode loper voor jou zouden uitrollen?' Hij fronste zijn wenkbrauwen en kruiste zijn armen voor zijn borst, waardoor zijn biceps op een zeer afleidende manier opbolden. Brianna vocht om haar ogen op zijn gezicht te houden.

'Dat weet ik natuurlijk niet', gaf ze toe. 'Ik... weet u wat? Ik voel me nu echt stom omdat ik u per ongeluk boos heb gemaakt, en dit was echt niet de manier waarop ik met u wilde beginnen. Is er een kans dat we opnieuw kunnen beginnen?'

Declans boze frons verdween en maakte plaats voor een uitdrukking van volkomen verbazing terwijl hij haar in stilte aanstaarde. Ten slotte ontspande hij zijn armen, stak een grote hand uit en zei: 'Hoi. Ik ben Declan O'Siorain.'

Eindelijk wist ze hoe ze zijn naam goed moest uitspreken! O-Shorran, oefende ze in haar hoofd.

'Brianna Lane', zei ze hardop, terwijl ze zijn hand aannam en hem dankbaar schudde. 'Aangenaam met u kennis te maken.'

Er ging een vlaag van warmte door hun in elkaar geslagen handen, en Declan leek zich plotseling bewust te worden van zijn halfnaakte staat. Hij trok zijn hand terug, mompelde 'Neem me niet kwalijk' en trok haastig een fleecejack van een haak aan de muur, dat hij aantrok en dichtritste.

Brianna dacht erover om een plagende opmerking te maken over het feit dat ze van het uitzicht genoot, maar ze hield zich in. Hun verstandhouding was nog pril en ze wilde niets doen om die te beschadigen. In plaats daarvan wachtte ze tot Declan het jack helemaal had dichtgeritst voordat ze weer sprak.

'Wilt u naar het veulen gaan kijken?'

'Ja.' Hij hield de deur voor haar open en ze volgde hem terug naar de stal, waar Ted en Charlie nu allebei buiten stonden te kijken naar de merrie en haar pasgeborene. Het veulen deed moeite om op zijn slungelige benen te gaan staan, die veel te lang leken voor zijn lichaam, en werd behulpzaam aangeraakt door de neus van Lansdowne Lass, die zelf ook weer stond.

'Een prachtig hengstveulen', merkte Ted op tegen Declan toen ze dichterbij kwamen. Hij en

Charlie keken Brianna beiden nieuwsgierig aan, en Declan bespaarde haar een rood hoofd door haar voor te stellen.

'We wisten niet dat je zou langskomen', zei Ted, wat een enorm understatement was.

'Het was een impulsieve beslissing', gaf Brianna toe. 'Ik wilde Galamor zien. Ik heb begrepen dat de familie Leary hier al generaties lang woont, en het schijnt dat ik de laatste ben die over is, na mijn moeder natuurlijk.'

De drie mannen knikten, en Charlie zei onverwacht: 'Mijn vader herinnert zich jouw grootmoeder nog. Hij zegt dat ze in haar tijd het mooiste meisje van West-Ierland was.'

'Verdomme, daarom vond ik dat u er zo bekend uitzag!' zei Declan plotseling. 'Er hangt een schilderij in de kamer van Alec. U lijkt heel erg op haar.'

Brianna glimlachte verlegen. 'Dat zou ik graag willen zien. Mama had maar een paar heel oude foto's van haar... en geen enkele van voordat ze uit Ierland vertrok. Ik weet alleen hoe mijn oudoom eruitzag omdat ik een paar foto's van hem vond in online paardensporttijdschriften.'

Declans gezicht verzachtte nog meer. 'Alastair Leary was de meest integere man die ik ooit heb gekend.'

Ted en Charlie knikten allebei instemmend. Brianna sloeg haar ogen treurig neer.

'Ik wou dat hij besloten had contact op te nemen voor hij overleed. Ik had hem heel graag willen ontmoeten.'

'Hij was al ziek toen hij naar u begon te zoeken', zei Declan zacht. 'Tegen de tijd dat de tussenpersoon bij hem terugkwam met het rapport, was hij aan bed gekluisterd. Hij zou niet hebben gewild dat u hem zo zag.'

'Hij was een trotse man', beaamde Ted met een knikje.

Er viel een korte, ongemakkelijke stilte voordat Charlie zijn pet op zijn grijzende hoofd verzette en zei: 'Het is etenstijd, Dec. Waarom neem je Miss Lane niet mee naar het huis om wat te eten? Laat Molly een bord naar mij beneden sturen, ik blijf bij de Lass tot het tijd is om te gaan slapen, om te zien of het goed gaat samen.'

Declan wierp een laatste blik in de stal voordat hij knikte. Het veulen was aan het drinken, het hoofd van de moeder was gedraaid om haar jong voorzichtig in de flanken te duwen.

Brianna vond dat het duo er werkelijk perfect uitzag, maar het veulen was waarschijnlijk een klein fortuin waard en de mannen waren gewoon voorzichtig. Ted mompelde iets over het controleren van een van de andere merries en maakte dat hij wegkwam, waardoor zij en Declan in stilte naar het huis terugliepen.

De keuken was licht en vrolijk, en Molly was druk in de weer met het opscheppen van borden stomende rijst met iets wat naar kip in sinaasappelsaus rook. Declan verontschuldigde zich om een schoon shirt aan te gaan trekken, en Brianna merkte dat ze weer tussen een paar stalknechten zat, die allebei gulzig hun bord leegaten.

Molly's ogen waren scherp, maar de oudere vrouw leek tevreden dat zij en Declan in elk geval weer tegen elkaar praatten, anders zou Brianna niet aan tafel hebben gezeten. Ze schoof een goedgevuld bord in Brianna's richting en een van de jongens schonk wat limonade voor haar in.

Hoofdstuk Acht

DECLAN PROEFDE NIET VEEL van zijn avondeten, ondanks het feit dat het net zo heerlijk was als alles wat Molly kookte. Hij at mechanisch, zich uiterst bewust van de jonge vrouw die recht tegenover hem aan tafel zat, haar hoofd schuin terwijl ze met belangstelling luisterde naar de anekdote die de jonge Paddy haar vertelde. Een moment later klonk haar lach, zacht en zilverachtig, en Declan dwong zichzelf weg te kijken.

Word niet verliefd op haar. Ze is hier voor haar geld en daarna is ze weg. Hij stak met onnodig veel kracht zijn vork in een stuk kip en deinsde even terug toen de tanden van de vork hard tegen het bord kletterden. Toen hij weer opkeek, zag hij dat Molly hem een verwijtende blik toewierp en hij zuchtte terwijl hij zijn stoel achteruit duwde.

'Heeft u genoeg gegeten, Brianna?' Het bord voor haar was nog halfvol, maar ze had haar vork al een tijdje geleden neergelegd en sindsdien niet meer aangeraakt. De porties van Molly waren bedoeld om de buiken te vullen van stalknechten die een dag hard hadden gewerkt, niet die van een vertroetelde stadse juffrouw.

Een klein stemmetje fluisterde dat hij niet eerlijk was, maar Declan smoorde het meedogenloos. Eerlijkheid had hier niets mee te maken. Hij moest emotieloos blijven. Zakelijk.

'Ja, dank u.' Brianna wierp een nieuwsgierige blik op zijn nauwelijks aangeraakte bord. 'Jij ook?'

'Ik heb geen honger.' Hij stond op. 'Als u mij wilt vergezellen naar de werkkamer... we moeten praten.'

Ze stond gracieus op en glimlachte naar de jonge Padraic, die haar aanbidderig aankeek. Declan knarste op zijn tanden en gebaarde dat ze hem voor moest gaan de kamer uit.

'Flirt alstublieft niet met het personeel,' zei hij koel terwijl hij de deur van de werkkamer achter hen sloot.

Brianna draaide zich abrupt naar hem toe, haar mond viel open van verbijstering. 'Neem me niet kwalijk! Ik was gewoon vriendelijk!'

'Het is beter om een professionele afstand te bewaren.'

'Is dat ook de reden waarom u met hen in de keuken eet?'

Hij kromp even ineen toen haar rake opmerking doel trof. Alastair had nooit in de keuken gegeten; hij had zijn maaltijden altijd in de kleine eetkamer genuttigd. De laatste jaren had hij erop aangedrongen dat Declan zich daar bij hem voegde, maar sinds de oude man was overleden, voelde die kamer te stil en eenzaam voor Declan en was hij weer in de keuken gaan eten.

'We hebben het niet over mij.'

'Nou, ik vind dat we dat wel moeten doen.' Brianna sloeg haar armen over elkaar en keek hem uitdagend aan. 'Want ik wil weten wie jij in vredesnaam bent, dat mijn oudoom heeft besloten om de helft van zijn landgoed aan jou na te laten.'

Declan staarde terug. Ze had het volste recht om die vraag te stellen, dat wist hij. Hij blies zijn wangen op met een zucht en knikte. 'Ga zitten, alsjeblieft.' Hij gebaarde naar de comfortabele fauteuils voor de ongestookte haard. 'Wil je iets drinken?' Hij liep naar de kleine bar die in het dressoir was ingebouwd.

'Wat heeft u?' Brianna bekeek de fles whisky twijfelachtig terwijl hij hem oppakte en voor zichzelf een flinke scheut innam.

'Whisky... er is gin. Sherry. Eh... cognac?'

'Doe mij maar een cognac,' zei ze, en hij schonk een maatje in een snifter en overhandigde het haar voordat hij zelf ging zitten. Ze rook aan de cognac en nam een klein slokje voordat ze het glas op een bijzettafeltje zette.

'Ik ben hier niet om ruzie te maken of problemen te veroorzaken,' zei Brianna voordat hij iets kon zeggen, wat hem opnieuw verraste. 'Ik weet minder dan niets van racepaarden of het fokken van paarden of zelfs van landbouw. Maar ik heb wel het gevoel dat mijn oudoom me de helft van zijn landgoed met een reden heeft nagelaten, en ik wil weten wat die reden is. En waarom hij jou de andere helft heeft nagelaten.'

Declan leunde achterover in zijn stoel en nam een grote slok whisky, genietend van de vurige brandvlaag terwijl het door zijn keel gleed. 'Dat zijn vragen waar u antwoord op verdient,' gaf hij na het slikken toe, 'maar ik ben bang dat ik niet alle antwoorden heb die u wilt. Ik wist pas wat er in het testament stond nadat het was voorgelezen. Alec heeft het met niemand besproken behalve met zijn notaris, voor zover ik weet.'

'U had geen enkel vermoeden van wat erin stond?' Brianna keek hem indringend aan. Hij had moeite om haar blik vast te houden.

'Niet echt. Alec zei altijd dat ik de zoon was die hij nooit had gehad, dus ik hoopte wel dat hij me iets zou nalaten, maar ik had nooit verwacht de helft te krijgen. Om eerlijk te zijn dacht ik dat hij u of jouw moeder alles zou nalaten, nadat hij zoveel moeite had gedaan om u te vinden.'

Brianna leunde naar voren en vouwde haar handen op haar knieën. Zijn blik werd er onweerstaanbaar naar toe getrokken; die lange elegante vingers, haar nagels kort en ongepolijst, wat hem een beetje verraste.

'Help me hem te begrijpen, Declan. U kende hem goed, en het is duidelijk dat u van hem hield. Tot een paar weken geleden wist ik niet eens dat hij bestond.'

Hij slikte, niet in staat om het oprechte verzoek in haar ogen te weerstaan. Hij moest haar de waarheid vertellen, hoe onsmakelijk die ook mocht zijn.

'Ik ken Alastair Leary mijn hele leven al. Mijn vader was vroeger de eigenaar van Ballybronn.' Hij moest nog een slok whisky nemen om de kracht te vinden om over zijn vader te praten. 'Hij was de grootste klootzak van heel County Mayo.'

Brianna's ogen werden groot en haar mond vormde een stomme O, maar ze zei niets; ze leunde alleen achterover en luisterde terwijl hij haar het hele ranzige verhaal vertelde.

'Alec is nooit getrouwd, en hij en mijn vader lagen vaak met elkaar overhoop; de twee landgoederen grensden aan elkaar en mijn vader was een slechte heer die de moeite niet nam om zijn hekken en dergelijke te onderhouden. Hoe dan ook, drieëndertig jaar geleden kwam mijn vader thuis van een bezoek aan wat Amerikaanse neven met een prachtige jonge Amerikaanse bruid. Het duurde niet lang voordat ze zijn ware aard leerde kennen, maar ze was ver van huis en van iedereen die haar had kunnen helpen. Ze droeg make-up om de blauwe plekken te verbergen en sloeg zich er zo goed mogelijk doorheen.'

'Wat vreselijk,' zei Brianna zacht toen Declan pauzeerde om zijn glas te legen. 'Ze moet erg bang zijn geweest.'

'Vooral toen ze zwanger raakte. Zelfs toen hielden de mishandelingen niet op. Op een nacht was ze zo bang dat hij haar zou vermoorden dat ze wegliep. Alastair pikte haar op langs de weg; ze liep in de regen, was doorweekt en doodsbang.' Hij sloot zijn ogen en dacht aan zijn zachte moeder. 'Alastair probeerde haar over te halen om hier op Galamor te blijven, of terug te gaan naar Amerika, overal behalve terug naar mijn vader. Mijn moeder zag echter geen uitweg, en toen mijn vader kwam opdagen met de politie en Alastair beschuldigde van ontvoering, ging ze met hem mee terug. Hij wist zijn vuisten daarna in ieder geval van haar af te houden tot na mijn geboorte. Hij hield er een andere ondeugd op na: gokken.'

'Wedden op paardenraces?'

'En op voetbalwedstrijden, en kaartspelen met zijn handlangers. Hij dronk altijd zwaar en verloor nog zwaarder. Op een nacht, toen hij laat en dronken naar huis reed, raakte hij een boom. Ik was twee.' Zijn toon was vlak terwijl hij het verhaal vertelde; de dood van een man die hij zich niet herinnerde maar altijd had gehaat, was voor hem niet van belang. 'Er was geen testament, maar dat bleek niet uit te maken. Hij liet niets anders achter dan schulden, schulden waarvoor mijn moeder wettelijk aansprakelijk was. Op

Ballybronn rustte een dubbele hypotheek. Alles moest verkocht worden. Dat was het moment dat Alastair tussenbeide kwam. Hij kocht Ballybronn en vertelde mijn moeder dat ze daar met mij kon blijven wonen zolang ze wilde. Hij had alleen het land nodig, en hij had sowieso iemand nodig om op het huis te passen.'

'Hij gaf haar zowel een baan als een thuis,' zei Brianna zacht.

'Ik weet niet wat er zonder hem van mijn moeder en mij was geworden. Echt niet.' Declan wilde dat ze begreep wat voor man Alastair Leary was geweest. 'Ik was bezeten van paarden nog voordat ik kon lopen, en hij nam me onder zijn hoede. Ik droomde er natuurlijk van om jockey te worden, en hij moedigde me aan tot het duidelijk werd dat ik te groot zou worden. Toen begon hij me voor te bereiden om in zijn voetsporen te treden. Ik help al mee met het beheer van het landgoed sinds mijn zestiende, en hij gaf me de officiële titel van landgoedbeheerder nadat ik — op zijn kosten — was afgestudeerd met een diploma in landbouwwetenschappen.'

'U was echt de zoon die hij nooit had gehad,' knikte Brianna begrijpend. 'Maar hij is nooit getrouwd?'

Declan gaf haar een scheve glimlach terug. 'Ik ben er vrij zeker van dat hij verliefd was op mijn moeder, maar ze was twintig jaar jonger dan hij en erg bevooroordeeld tegenover mannen na haar verschrikkelijke huwelijk. Ze zag Alastair als een vaderfiguur en hij paste wel op dat hij haar nooit een reden gaf om anders te denken.'

'Leeft ze nog?'

Declan trok een pijnlijk gezicht. 'Ja. Maar ze woont in een verpleeghuis, ze heeft vroegtijdige dementie. Ze denkt dat ik mijn vader ben... ik kan haar niet meer opzoeken. Het is te verwarrend voor haar. Ik heb Charlie moeten vragen om haar te bezoeken om te vertellen dat Alec was overleden.'

Brianna leek niet te weten wat ze moest zeggen, en dat kon hij haar niet kwalijk nemen. Hij had geen zwaar leven gehad, verre van dat; hij was opgegroeid onder de hoede van de welwillende liefde van Alastair Leary, en de man van wie hij wenste dat het werkelijk zijn vader was geweest, had hem een bezit nagelaten dat hem en zijn eventuele nakomelingen voor de rest van hun leven een comfortabel bestaan zou bieden. Toch bleef zijn familieverhaal schokkend.

'Dat is dus mijn verhaal,' zei hij tot slot, terwijl hij opstond om nog een whisky voor zichzelf in te schenken, 'en ik denk dat ik het uwe ook grotendeels ken, aangezien het dossier dat Alec over jou had laten aanleggen in zijn kluis lag. De vraag is nu: wat gaan we doen aan de penibele situatie waarin hij ons heeft gebracht?'

Hoofdstuk Negen

Brianna pakte haar glas en nam nog een slok brandy om zichzelf de tijd te geven om na te denken voordat ze antwoord gaf op de vraag van Declan.

'Eerlijk gezegd begrijp ik niet helemaal waarom hij je niet alles heeft nagelaten,' gaf ze na een moment toe. 'Je houdt duidelijk van deze plek; dat is wat ik gisteren heb geleerd, boven alles. Hoeveel het landgoed en de paarden voor je betekenen.'

Declan keek haar niet aan maar staarde weer in zijn glas, maar hij knikte wel. 'Je hebt er echter recht op,' zei hij zachtjes. 'Jij bent zijn bloederfgenaam.'

'Ik weet niet eens waarom mijn grootmoeder Ierland heeft verlaten!' Ze gooide haar handen in de lucht.

'Ik wel.' Hij trok een gezicht. 'Mijn vader weer, helaas. Charlie's vader werkte vóór hem voor Alec, en hij heeft me een paar verhalen verteld over de manier waarop mijn vader Sinead achtervolgde. Ze ging naar Engeland om aan hem te ontsnappen en is nooit meer thuisgekomen.'

'Ik vroeg me al af of het niet zoiets was,' bekende Brianna. Ze glimlachte een beetje ondeugend en zei: 'Maar je kunt er gerust op zijn dat je niet mijn oom bent. Mijn moeder is iets meer dan twaalf maanden na aankomst van mijn grootouders in Melbourne geboren.'

Declans ogen schoten terug naar de hare en hij lachte plotseling kortaf. 'Christus, dat is nooit eens bij me opgekomen!'

'Ik had gedacht dat ze misschien was weggelopen omdat ze zwanger was, maar de geboortedatum van mijn moeder kwam niet overeen.' Ze glimlachte naar hem. 'Het is waarschijnlijk niet veel troost.'

'Eh, dat mijn vader een dronkaard, een gokker en een vrouwenmishandelaar was, maar misschien geen verkrachter? Nee, niet veel troost.' Hij klonk bitter en zette toen het glas dat hij vasthield met een plotselinge bons neer. 'Normaal drink ik niet, dat moet ik je even vertellen.'

'Je hebt een zware dag gehad. Ik vind dat je er wel een verdiend hebt.' Ze vermoedde dat hij er alles aan deed om ervoor te zorgen dat hij nooit iets deed wat zijn vader had gedaan. 'Ik wed dat je niet gokt, en hoewel je eerder woedend op me was, denk ik niet dat het ook maar bij je is opgekomen om een hand naar me op te heffen. Ik was in ieder geval nooit bang.'

'Goed,' zei hij nors. 'Ik denk niet dat ik het mezelf zou kunnen vergeven als ik ooit een vrouw zou slaan. En hoewel ik niet zou zeggen dat ik nooit gok, heb ik een strikte limiet van tien euro – en ik wed alleen op onze jonkies.'

'Natuurlijk.' Brianna voelde zich echt veilig bij hem. Zelfs op het moment van woede dat hij eerder had getoond, dacht ze niet dat geweld zelfs maar in hem was opgekomen. Zachtjes nam ze nog een slokje van haar brandy en overwoog haar volgende woorden, maar Declan sprak voordat zij dat deed.

'Acht miljoen is het absolute maximum dat de bank me wil lenen, maar ik heb het gevoel dat het lang niet genoeg zal zijn.'

De wanhoop op zijn gezicht was overduidelijk. Brianna haalde diep adem.

'De voorlopige taxatie van meneer Connolly is dat het hele landgoed iets meer dan vijfentwintig miljoen euro waard is. Mogelijk meer. Hij denkt dat een van de schilderijen een Gainsborough is en stelt voor dat ik een kunsttaxateur inschakel, omdat de kunstcollectie daarbovenop nog eens enkele miljoenen waard zou kunnen zijn.'

'Jezus.' Declan begroef zijn gezicht in zijn handen.

Ze wist niet goed wat ze moest voorstellen. 'Zou het landgoed opgesplitst kunnen worden?' vroeg ze aarzelend. 'Als de kunst verkocht wordt, en misschien het huis in Ballybronn...'

Declan schudde zijn hoofd. 'Je hebt de uitsplitsing van de cijfers niet gezien.' Hij keek op om haar aan te kijken. 'Maar ik weet vrij zeker dat Ballybronn in totaal niet meer dan een miljoen waard is. De waarde van het landgoed zit hem voor het grootste deel in de paarden en de inkomsten uit de hengsten. Zelfs zonder Prestigious. Oracular alleen al is waarschijnlijk drie miljoen waard, maar als ik hem verkoop, verliezen we onze grootste inkomstenbron.' Hij beet op zijn lip. 'Misschien... misschien kunnen we tot een regeling komen waarbij ik je nu die acht miljoen betaal en jij een deel van de winst van het bedrijf krijgt tot de rest is afbetaald?'

'Of misschien is acht miljoen wel meer dan ik ooit had verwacht te krijgen,' zei Brianna, waarbij ze zichzelf een beetje verraste. 'Zoals ik al zei... ik vind dat Alec je waarschijnlijk sowieso alles had moeten nalaten.'

'Wacht,' er glimpte langzaam hoop op zijn gezicht. 'Zeg je nu dat je genoegen zou nemen met slechts acht miljoen voor jouw helft? Nee... nee, dat kan niet kloppen. Dat is niet eerlijk. Ik kan je dat niet laten doen.' Hij schudde resoluut zijn hoofd.

Brianna beet op een velletje bij haar nagel en probeerde andere opties te bedenken. 'Wat als ik mijn helft helemaal niet verkoop?' stelde ze voor. 'Ik blijf erin als stille vennoot en ik krijg de helft van de winst. Jij krijgt een redelijk salaris, ik... word betaald voor het feit dat ik eigenlijk niets doe?'

Declans mondhoeken krulden omhoog in een halve glimlach en hij keek haar bedachtzaam aan. 'Dat zou kunnen werken, als je geen bedrag in één keer wilt. Zolang je bereid bent mij de zaken op mijn manier te laten regelen.'

'Ik weet zeker dat we daar wel uitkomen,' zei Brianna, terwijl ze hem een verlegen glimlach teruggaf. 'Zie je, het is maar goed dat ik gisteren anoniem langskwam, want alles wat ik zag overtuigde me ervan dat je zoveel van deze plek houdt dat je nooit iets zou doen om het landgoed in gevaar te brengen.'

'Het is het enige thuis dat ik ooit heb gekend,' gaf hij toe. 'Ik haatte het idee dat het zou worden nagelaten aan een vreemde die het misschien ongezien zou verkopen. We zouden worden opgeslokt door een van de grote bedrijven die hun eigen mensen aan het roer zouden zetten, waarschijnlijk de hengsten te veel zouden laten dekken, elk jaar een veulen van elke merrie zouden willen. Ik zou het niet verdragen.'

'Ik begrijp het,' zei ze, en ze had echt het gevoel dat ze dat deed. 'Ik ben een grafisch ontwerper en ik denk dat het een beetje vergelijkbaar is... als je een creatieve visie hebt, de overtuiging dat jouw manier de juiste is, en er komt iemand anders die je overruled en erop staat dat je veranderingen aanbrengt die je niet kunt uitstaan, dan is dat zieledodend. En dat is dan alleen maar kunst – het moet zoveel erger zijn als het gaat om levende wezens waar je om geeft, paarden en mensen.'

Declans blik was dankbaar. 'Je begrijpt het echt. Bri – ik zou heel graag met je samenwerken. De helft hiervan is rechtmatig van jou en ik beloof je dat ik nooit iets zal doen om ook maar iets ervan in gevaar te brengen. Ik zal ervoor zorgen dat je je eerlijke deel krijgt, op de een of andere manier.'

'En ik beloof dat ik me niet zal proberen te bemoeien met de manier waarop je het landgoed beheert.' Ze leunde naar voren en stak haar hand uit. 'De details regelen we later wel, maar laten we er de hand op schudden, Declan. Op de samenwerking.'

'Op de samenwerking,' herhaalde hij met een oprecht verheugde glimlach, en hij stak zijn hand uit om de hare vast te pakken.

Er sloeg een vonk over tussen hun handen toen zijn sterke, warme vingers de hare omsloten, en aan de manier waarop Declans donkerblauwe ogen groter werden, wist Brianna dat hij het ook had gevoeld.

'Dit is vrijwel zeker een slecht idee,' verbrak hij als eerste de stilte. Hun handen waren nog steeds in elkaar gestrengeld, hun blikken in elkaar verstrikt.

'Je hebt gelijk,' stemde ze in, maar ze trok haar hand niet weg.

'Aangetrokken zijn tot een zakenpartner is een recept voor rampspoed.'

'Ik kan er ook niets aan doen dat je sexy bent. Je trok je shirt uit waar ik bij stond, om hemelsnaam; dit is overduidelijk allemaal jouw schuld.' Brianna probeerde de humor op te zoeken om de stijgende spanning te doorbreken. Declan grinnikte om haar opmerking en liet eindelijk haar hand los.

'Wat dacht je ervan dat ik beloof mijn shirt voortaan aan te houden?'

'Te laat, ik weet al dat ik je buikspieren wil aflikken.' Ze gaf hem een brutale grijns en hij schudde zijn hoofd.

'Je bent een hele kluif, hè? Is er niet een of andere geluksvogel in Australië die de dagen aftelt tot je weer thuiskomt?'

Brianna trok een klein gezichtje. 'Nee. Omdat ik in de binnenstad woon, zijn de meeste mannen die ik ontmoet van die metrosexuele stadse types, en eerlijk gezegd... dat is echt mijn stijl niet.'

'Nee,' mompelde Declan. Hij hield zijn hoofd schuin en bekeek haar. 'Je bent niet wat ik had verwacht,' zei hij eerlijk. 'Toen ik het dossier las en zag dat je een grafisch ontwerper was die in de binnenstad van Melbourne woonde, verwachtte ik een of ander opgedoft society-meisje op torenhoge hakken.'

'Klinkt onpraktisch en oncomfortabel.' Brianna keek neer naar haar kortgeknipte nagels, naar de degelijke wandelschoenen die ze de hele reis van plan was te dragen. 'Zeker op een boerderij.'

'Groot gelijk.' Hij keek somber en ze had het duidelijke gevoel dat ze een gevoelige snaar had geraakt. Omdat ze toch zo open en eerlijk tegen elkaar waren, besloot ze de vraag maar te stellen.

'Klinkt alsof er ervaring uit het verleden spreekt?'

'Helaas wel.' Hij pakte zijn glas, nam een slok en trok een gezicht. 'Ik ontmoette een meisje toen ik aan de universiteit in Dublin studeerde. Sorcha Sullivan, het mooiste meisje dat ik ooit had gezien. Ik was smoorverliefd en ik dacht dat zij ook. Het bleek dat er op de een of andere manier een gerucht de wereld in was geholpen dat ik de onwettige zoon van Alec Leary was en dat hij mij het hele landgoed zou nalaten. Ze dacht dat ik steenrijk was.'

Brianna kromp ineen. 'Hoe ben je achter de waarheid gekomen?'

'Ik nam haar een weekendje mee om mijn moeder en Alec te ontmoeten. Ze had alleen maar hoge hakken ingepakt en weigerde een voet in de paddocks te zetten. Toen wist ik dat het niet ging werken, hoe verblind door lust ik ook was. Ik maakte het uit en Sorcha wierp me nog wat laatste sneren toe dat er niet genoeg geld ter wereld was om haar in een 'krot in de middle of nowhere' te laten wonen.'

'Een krot?' Brianna keek om zich heen in de elegant ingerichte studeerkamer, niet in staat haar ongelovige lach in te houden. 'Wat een prinses!'

'Precies Alecs woorden, alleen dan met wat kleurrijkere termen erdoorheen.' Declan glimlachte naar haar. 'Ik wou dat je hem had kunnen ontmoeten. Jullie twee hadden het vast uitstekend met elkaar kunnen vinden.'

'Je zult me gewoon al je verhalen moeten vertellen. Hé... je noemde een schilderij van mijn grootmoeder. Zou je me dat willen laten zien?'

'Natuurlijk, en daarna kan ik je maar beter terugbrengen naar het hotel. Het wordt laat. Wil je morgen intrekken?'

Verbaasd knipperde ze naar hem terwijl hij opstond. 'Intrekken?'

'Hier natuurlijk. Het lijkt me een beetje zinloos dat je in het hotel blijft... tenzij je dat wilt natuurlijk.'

'Ik... denk het wel. Ja. Als jij het goedvindt?'

Hij glimlachte terwijl ze opstond om met hem mee te gaan. 'De Ieren staan bekend om hun gastvrijheid, Bri, maar dat niet alleen, Galamor is net zozeer van jou als van mij. Dit is nu ook jouw thuis.'

'Wat heel bizar is,' gaf ze toe terwijl ze hem de studeerkamer uit volgde en de brede trap op naar de eerste verdieping. 'Thuis is nooit ergens anders geweest dan Melbourne.'

Declan hield stil met zijn hand op de deurknop van de hoofdslaapkamer en keek haar ernstig aan. 'Eén blik op het schilderij van Sinead en je zult het begrijpen, hoop ik. Deze plek zit in je bloed.' Daarmee duwde hij de deur open en deed het licht aan.

Brianna had de kamer gisteren al gezien tijdens hun rondleiding door het huis, maar het schilderij waar Declan haar nu voor liet staan, was haar niet opgevallen. Terwijl ze ernaar keek, stokte haar adem.

Het was bijna alsof ze in een spiegel keek. Het gezicht van Sinead Leary was een bijna exacte kopie van dat van haar kleindochter, tot aan het onmiskenbare kuiltje in haar kin als ze glimlachte, een kuiltje waar Brianna op de basisschool eindeloos mee gepest was. Het leek Sinead echter niet te deren terwijl ze vanaf het schilderij lachte, met de groene heuvels rondom het meer in de verte en een bruin paard achter haar dat vervaagd was geschilderd. Sinead zelf zag er bruisend van leven uit, haar lange bruine krullen goud opgelicht door de zon.

'Degene die dat geschilderd heeft, was echt ontzettend getalenteerd,' zei Brianna toen ze eindelijk weer kon ademhalen.

'Het was de moeder van Charlie, eigenlijk. Of dat beweert Charlie tenminste. Hij zegt ook dat ze de schoonheid van Sinead niet eerlijk heeft weergegeven... ik denk dat Charlie vroeger een beetje verliefd was op je grootmoeder. Hij was veertien en zij achttien toen ze wegging, dus hij was oud genoeg om haar nog goed te herinneren. Als hij gisteren een betere blik op je had geworpen, was de aap uit de mouw gekomen, maar hij had zijn handen vol aan Prestigious die in een rotbui was.'

Brianna draaide zich weg van het schilderij en glimlachte naar hem. 'Wat zou je hebben gedaan als je me gisteren had ontdekt?' vroeg ze nieuwsgierig. 'Gewoon uit interesse.'

'Waarschijnlijk iets onverstandigs. Gelukkig kwamen Molly en ik er pas achter toen je er niet was; ik had een paar uur de tijd gehad om eraan te wennen tegen de tijd dat je vanmiddag kwam opdagen. En voor de goede orde? In jouw schoenen had ik misschien wel iets soortgelijks gedaan.'

Ze gaf hem een dankbare glimlach. 'Je bent er waarschijnlijk aardiger onder gebleven dan ik verdiende.'

Hij grijnsde, waarbij hij haar een beetje verraste met de vrolijke humor in zijn blik. 'Tja, je trof me midden in het afveulenen. Anders had ik misschien wel geschreeuwd.'

'Ik heb altijd al een uitstekend gevoel voor timing gehad.' Brianna beantwoordde de glimlach en Declan lachte hardop.

'Nou, over timing gesproken, het wordt laat, voor mij tenminste. We beginnen hier vroeg. Ik breng je nu terug naar het hotel, als dat goed is?'

'O, ik kan zelf wel teruggaan,' wierp ze tegen, maar hij weigerde resoluut en zei dat de weg veel te donker was en hij de hele nacht over haar in de rats zou zitten. Omdat ze inzag dat hij niet van plan was toe te geven, stemde ze uiteindelijk in, en hij begeleidde haar naar beneden en naar buiten naar een krakkemikkige oude Land-Rover.

'Dit is maar het werkpaard van het landgoed,' verontschuldigde hij zich toen hij haar zag kijken naar de gebarsten en afbladderende verf en de gescheurde bekleding. 'Ik heb een BMW die ik gebruik als ik een goede indruk moet maken.'

'Je hoeft je tegenover mij nergens voor te verantwoorden, Declan. Ik zei dat ik erop vertrouwde dat jij de zaken van het landgoed beter kent dan ik, en dat meende ik. Ik weet nagenoeg niets van het runnen van welk bedrijf dan ook, laat staan een renpaardenstoeterij in een land aan de andere kant van de wereld.'

In de duisternis van het voertuig voelde ze eerder dan dat ze zag dat hij zijn hoofd draaide om haar aan te kijken. Hij zei een paar minuten niets, totdat ze voor het hotel stopten, en toen sprak hij zacht maar beslist.

'Als je wel iets te zeggen hebt, opmerkingen over het landgoed of suggesties voor de toekomst, dan luister ik, Brianna. Ik ga je gedachten en meningen niet zomaar van tafel vegen. Alec luisterde ook altijd naar mijn 'nieuwetijdse' ideeën; we gingen er vaak voor zitten om dingen te bespreken. Dat mis ik.'

Ze hoorde de echo van gemis in zijn stem en legde in een opwelling haar hand op de zijne, die op de versnellingspook rustte. 'Ik ben mijn oudoom niet, maar ik ben er wel. Ik luister graag en praat alles met je door wanneer je maar wilt, ook via videogesprekken als ik weer thuis ben.'

'Dat waardeer ik.' Hij draaide zijn hand onder de hare en kneep lichtjes in haar vingers. 'Ik haal je morgenochtend op, oké? Schikt een uur of tien?'

'Zeker, dan heb ik tijd voor een van Moira's fantastische ontbijtjes en om mijn tassen te pakken. Welterusten!'

Het laatste wat ze hoorde voordat ze de deur dichtsloeg, was de diepe lach van Declan. De motor van de Land-Rover ronkte echter pas weer weg toen ze de voordeur van het hotel opende.

Hoofdstuk Tien

DECLAN DACHT HALF EN half dat Brianna zich nog zou bedenken, maar ze stond buiten het hotel te wachten, gezeten op haar koffer en turend op haar telefoon, toen hij de volgende ochtend kwam voorrijden. Ze keek op bij het geronk van de motor van de oude Land-Rover en glimlachte.

Jezus, Maria en Jozef, dacht hij, geen wonder dat Charlie beweert dat haar grootmoeder destijds de mooiste vrouw van Ierland was. Brianna's glimlach in de morgenzon was spectaculair.

Hij probeerde zichzelf voor te houden dat hij niet zo naar haar moest kijken, dat hij haar professioneel moest behandelen, als een zakenpartner. Toen hij uit de auto sprong en haar koffer oppakte om die achterin te zetten en zij hem een zonnige groet gaf, was het uiterst moeilijk om die goede voornemens vast te houden.

'Klaar voor wat hard werk? Ik gooi je meteen in het diepe,' waarschuwde hij terwijl ze op de passagiersstoel klom.

'Goed. Ik wil begrijpen hoe het hele bedrijf werkt,' beweerde Brianna. 'En ik heb als tiener met een pony-obsessie genoeg stallen uitgemest, dat kan ik je wel vertellen.'

Declan grinnikte terwijl hij de motor weer startte. 'Eh, zo gemeen ben ik nu ook weer niet. We moeten vandaag echo's maken; dat doen we drie keer per week zodra het dekseizoen is begonnen, bij de merries die bij de hengsten zijn geweest, om te zien of ze drachtig zijn geworden of dat ze opnieuw gedekt moeten worden.'

Brianna luisterde met schijnbare interesse terwijl hij het uitlegde. 'Dus de merries blijven tot ze definitief drachtig zijn?' vroeg ze.

'Ja. Zoals veel stoeterijen hanteren wij een 'geen veulen, geen kosten'-beleid. Merries worden in de lente en zomer om de eenentwintig dagen hengstig en blijven elke keer vijf tot acht dagen vruchtbaar, dus we hebben heel wat kansen om er eentje drachtig te krijgen.'

Ze knikte en sloeg de informatie kennelijk op in haar geheugen terwijl hij hen naar Galamor reed.

'Veel eigenaren sturen de merries naar ons voor het afveulenen omdat ze de merrie meteen weer drachtig willen krijgen en het niet makkelijk is om een pasgeboren veulen veilig te vervoeren,' legde Declan uit tijdens het rijden.

'Je zei echter iets over dat je er niet van houdt om merries elk jaar te laten fokken?'

Hij wierp haar een zijdelingse blik toe, verrast dat ze het onthouden had. 'Dat hangt van de merrie af. Sommige mensen behandelen hun merries als babyfabrieken en eisen elk jaar een veulen van ze, en ja, puur economisch gezien kan ik dat begrijpen. Een veulen is veel geld waard. Er zijn echter veel onderzoeken die aantonen, en ik heb het zelf ook geobserveerd, dat je veulens van hogere kwaliteit krijgt als je een merrie niet dwingt om elk jaar te fokken... en ze blijft er langer gezond en vruchtbaar door.'

Het gespreksonderwerp hielp niet echt mee. Hij had zijn werk nooit eerder geassocieerd met menselijke seksualiteit, maar hij kon het niet helpen eraan te denken terwijl hij en Brianna het voertuig verlieten en naar de speciaal ingerichte stal liepen waar Ted de echo's uitvoerde. Vooral omdat ze weer die strakke jeans droeg, die de vorm van haar billen accentueerde en zijn blik trok naar de manier waarop haar heupen wiegden terwijl ze liep.

Stop met naar haar kont kijken, viespeuk! Ze zou je een klap in je gezicht geven als ze je betrapte.

Behalve dat ze dat misschien niet zou doen. Ze had gisteravond in de studeerkamer nog geplaagd dat ze zijn buikspieren wilde likken, nota bene, toen hij zijn shirt uittrok om zich te wassen na het afveulenen.

'Morgen,' zei Ted vrolijk toen ze de ruimte binnenkwamen. 'Ik heb begrepen dat Declan van plan is je het vak van binnenuit te leren, Brianna.'

'Zoiets ja.' Ze gaf de dierenarts dezelfde zonnige glimlach die ze eerder aan Declan had geschonken, en hij gaf zichzelf in gedachten een trap omdat hij dacht dat hij een speciale voorkeursbehandeling van haar kreeg.

'Nou, we beginnen met een kijkje in het binnenste van Coral Diva, hè.' Ted knikte naar de merrie die door een van de stalknechten naar binnen werd geleid. 'Kom hier bij me staan, dan leg ik uit wat we op het scherm zien.'

Brianna was oprecht geïnteresseerd in het proces dat Ted haar uitlegde, maar ze had moeite om zich te concentreren. Ze was zich te hyperbewust van Declan, die bij het hoofd van de merrie stond en haar met kalmerende stem toesprak, over haar neus streek en haar rustig hield terwijl de dierenarts werkte. Zijn stem was laag, en door zijn Ierse accent klonken de woorden die hij prevelde zangerig en hypnotiserend. De merrie leek ervan te genieten; haar volledige aandacht was op Declan gericht, zelfs toen Ted de echokop tegen haar gevoelige buik drukte.

'Verdomme,' mompelde Ted, waardoor Brianna's aandacht weer naar het scherm werd getrokken. 'Kijk daar eens.'

'Waar kijk ik naar?' Voor haar waren het alleen maar vage grijstinten.

'Hier.' Teds linkerhand wees naar het scherm. 'En hier.'

'Ze zien er hetzelfde uit...'

'Precies. Ze is drachtig van een tweeling.'

'Dat is geen goede zaak, neem ik aan?' Zijn toon verraadde het al, evenals de frons van Declan, ook al hield Declan niet op met het aaien van en prevelen tegen de merrie. 'Twee veulens zouden qua waarde toch juist een geweldig resultaat moeten zijn?'

'In theorie wel, maar tweelingdrachten bij paarden lopen meestal niet goed af. Statistisch gezien is de kans op een levend veulen uit een tweelingdracht minder dan 20%, en de vooruitzichten voor toekomstige drachten zijn ook niet best. Coral Diva is pas acht, ze zou nog veel meer veulens kunnen krijgen.'

'Dus... wat gebeurt er nu?' Die overlevingskansen klonken niet best.

Ted antwoordde even niet, terwijl hij met de trackball op het echoapparaat klikte om plekken te markeren en metingen te verrichten. 'Ik voer een selectieve reductie uit,' antwoordde hij uiteindelijk. 'Het is een standaardprocedure. Daarna maken we over een paar dagen weer een echo om er zeker van te zijn dat ze nog steeds drachtig is van de ene. Hier, ik heb je hulp nodig om dit hier precies stil te houden, zodat ik kan zien wat ik doe als ik het instrument inbreng.'

Brianna wist niet goed wat ze ervan moest vinden om te assisteren bij wat in feite een gedeeltelijke abortus was, maar dan bedacht ze dat Declan en Ted waarschijnlijk allebei katholiek waren en zij dit blijkbaar als een routineprocedure beschouwden. Ze stelde nog een paar vragen over tweelingdrachten bij paarden en Ted antwoordde afwezig terwijl hij werkte.

'Volbloeden zijn vrij vatbaar voor tweelingdrachten,' antwoordde Declan op een vraag toen Ted te diep in zijn werk zat. 'Meer dan ponyrassen. Voordat we routinematig echo's gingen maken, verloren we elk jaar veulens en zelfs merries door moeilijke tweelinggeboorten. Het is veel veiliger voor de merrie om ervoor te zorgen dat ze geen tweeling draagt.'

'Zo, dat is gebeurd,' mompelde Ted, terwijl hij naar het echoscherm keek. 'Dat is gelukt. Zo is het goed, braaf meisje.' Hij klopte de merrie zachtjes op haar flank terwijl hij zijn instrument verwijderde en naar de sterilisator aan de andere kant van de kamer bracht, waarbij hij zijn operatiehandschoenen uittrok om ze weg te gooien. 'Ik zet haar op het scanschema voor dinsdag, Declan, om te controleren of het resterende embryo er nog is.'

Brianna keek toe hoe Declan de merrie overdroeg aan haar stalknecht om haar naar buiten te leiden. Declan kwam naast haar staan, terwijl ze de echokop nog steeds in haar hand hield, en legde een van zijn handen lichtjes op haar schouder.

'Gaat het? Dat was nogal wat voor je eerste dag.'

'Ja,' zei ze en keek naar hem op, haar voorhoofd licht gefronst van bezorgdheid. 'Ik denk... ik realiseerde me niet dat dit zoiets routinematigs was. Zeker in het katholieke Ierland voelt het... vreemd.'

'Geloof me, niemand zou zo nuchter zijn als het om menselijk leven ging.' Declans uitdrukking was begripvol. 'Ik kan je alle feiten en statistieken laten zien om onze beweegredenen te onderbouwen, als je wilt.'

'Nee, nee. Ik vertrouw erop dat jullie dit niet zouden doen als het niet het juiste was. Dat veulen zou immers veel geld waard zijn, nietwaar?'

'Zeker honderdduizend euro,' beaamde Declan, 'maar de kans dat ze allebei levend geboren worden, zou extreem klein zijn. Het resterende veulen heeft nu een veel grotere overlevingskans.'

Een volgende merrie kwam de echostal binnengeklost en Declan kneep zachtjes in Brianna's schouder. 'Dit moeten we in ongeveer vijf tot tien procent van de gevallen doen,' zei hij zacht. 'Als je hier de volgende keer niet bij wilt zijn, is dat prima. Er zijn genoeg andere dingen te doen, ik dacht alleen dat je dit misschien interessant zou vinden.'

'Dat vind ik ook.' Ze bracht haar vrije hand omhoog en drukte haar vingers tegen de zijne. 'Het is goed, Declan, echt waar. Nu ik weet dat dit het beste is voor alle betrokkenen, heb ik er geen problemen mee.'

'Goed. Geloof me, ik wou dat het niet nodig was. Ik wou dat we tweelingen net zo vaak geboren konden laten worden als ze verwekt worden.' Hij glimlachte naar haar, zijn ogen warm, en opnieuw voelde ze die connectie tussen hen door de aanraking van hun vingers, en ze wist aan de manier waarop zijn pupillen zich groot maakten dat hij het ook voelde.

Met een diepe ademteug rukte ze haar blik met pure wilskracht los, en ze kleurde scharlakenrood toen ze Teds blik ontmoette. De dierenarts keek hen uiterst geïnteresseerd aan, zijn wenkbrauwen opgetrokken, hoewel hij niets zei toen Brianna snel een stap bij Declan vandaan zette.

Je hebt het niet nodig dat iedereen over je roddelt. Hoe sexy hij ook is, je moet afstand houden.

Declan had Teds onderzoekende blik blijkbaar ook opgemerkt, want hij wierp de dierenarts een korte, norse blik toe voordat hij de merrie van haar begeleider overnam. 'Laten we dit afhandelen,' zei hij kortaf. 'Er staan er hierna nog acht te wachten. Als we niet opschieten, komt er van de lunch voor niemand wat terecht.'

Hoofdstuk Elf

ZE HADDEN HET TE druk voor Ted om iets tegen Declan te kunnen zeggen voordat de laatste merrie was gescand en naar buiten was geleid. Brianna vroeg blozend waar het toilet was en Declan wees haar de weg naar het kleine toiletgebouw aan het einde van de rij stalboxen. Terwijl hij de echo-apparatuur schoonmaakte en opborg, draaide Ted zich om en gaf Declan een veelbetekenende blik.

'Zeg maar niets,' waarschuwde Declan.

'Is dat echt nodig?'

'Nee, dat is echt niet nodig.'

'Goed.' Ted sloot de kastdeur met een stevige klap. 'Brianna is een aardige meid. Ze verdient jouw respect, en het respect van de mannen. Dat zullen ze haar niet geven als ze denken dat je met haar naar bed gaat.'

'Ik durf te wedden dat je ontploft als ik je vertel dat ze vandaag nog naar Galamor verhuist?'

Ted liet zijn klembord vallen. 'Maak je een grapje?'

Declan kromp ineen bij de ongelovige blik van zijn vriend. Hij kende Ted al heel lang; de dierenarts was naar de streek verhuisd en met Molly getrouwd toen Declan nog maar een kind was. De teleurgestelde, geschokte blik op Teds gezicht kwam hard aan. 'Er zit niets achter, ik zweer het. Het lijkt me gewoon onzin dat ze in het hotel blijft – fout zelfs! Ze heeft net zoveel recht op Galamor als ik; meer zelfs, door haar afkomst! Alastair zou me de kop eraf hakken als ik haar niet zou uitnodigen om in het huis te verblijven.'

'Het punt is dat ze bij jou in het huis verblijft,' zei Ted droogjes. 'En hoewel het overdag een mierenhoop van activiteit is, zijn jullie 's avonds met z'n tweeën. Je weet wat de roddeltantes zullen zeggen; dat jullie in zonde leven.'

'Ze is hier maar een paar weken!' Declan haalde een hand door zijn haar. 'Verdomme, dit is belachelijk, er is niets aan de hand!'

'Dat zou een stuk geloofwaardiger zijn als jullie elkaar niet zo verliefd aan zaten te kijken.' Ted trok een sardonische wenkbrauw op. 'Misschien moeten Molly en ik ook maar intrekken. Gewoon zolang zij er is.'

'Ik neem aan dat het dat is, of ik moet in de stal gaan slapen,' mopperde Declan. 'Dit is idioot. We leven in het nieuwe millennium, niet in de negentiende eeuw!'

'Dit is het katholieke Ierland, Dec. In sommige opzichten leven we nog steeds in de negentiende eeuw.' Ted kreeg plotseling een ondeugende glimlach. 'Je zou natuurlijk ook met haar kunnen trouwen. Dat zou al je problemen in één keer oplossen!'

'Doe niet zo mal,' smaalde Declan, terwijl hij Ted volgde toen ze het gebouw verlieten, maar het zaadje van een idee was geplant en hij kon niet ophouden eraan te denken terwijl ze langs het stalgebouw liepen om zich weer bij Brianna te voegen. Met haar trouwen zou immers alle problemen met de erfenis oplossen. Hij zou zich geen zorgen hoeven maken over bankleningen of winstverdeling; hij zou alle winst terug in het landgoed kunnen steken, de hengstenstal kunnen uitbreiden, meer land kunnen kopen en van Leary Estates de mooiste stoeterij van Ierland kunnen maken...

Je bent belachelijk bezig. Je kent haar nauwelijks. Hij probeerde de gedachte van zich af te schudden, maar terwijl ze in de keuken van Galamor zaten en boterhammen aten met de stalknechten, kon hij niet ophouden naar Brianna te kijken. Ze was eigenlijk alles wat een man als hij in een vrouw zou kunnen wensen; ze was slim, ze was knap en ze hield van paarden, en dan had hij het nog niet eens over de financiële voordelen.

De financiële kant van de zaak was natuurlijk precies de reden waarom het een slecht idee zou zijn om haar zelfs maar het hof te maken. Ze zou nooit geloven dat hij haar niet om het geld achterna zat, en hij wist zelf niet eens zeker wat zijn eigen motieven in deze kwestie waren, als hij eerlijk tegenover zichzelf wilde zijn. Ja, hij voelde zich al tot haar aangetrokken vanaf het moment dat ze uit de auto van Liam Connolly stapte, lang voordat hij er enig benul van had dat ze Alastairs erfgenaam was. Er was toen al een onmiskenbare vonk tussen hen geweest, en hij wist vrijwel zeker dat Brianna zich ook tot hem aangetrokken voelde.

Op dat moment keek ze over de tafel en glimlachte naar hem, met een uitdrukking van pure, onbelemmerde vreugde, en Declans hart bonsde hard in zijn borst.

Hij had zich al heel lang niet meer zo gevoeld, besefte hij vaag terwijl hij hulpeloos terugglimlachte naar Brianna. Sinds Sorcha, het object van zijn jeugdige aanbidding, had geen enkele vrouw zijn aandacht op zo'n manier weten te vangen. Brianna was echter een heel andere vrouw dan zijn oude vlam; ze mocht dan wel van de andere kant van de wereld zijn gekomen om hier te zijn, ze voelde zich duidelijk volkomen op haar gemak op het platteland.

'Wat is het plan voor vanmiddag, Declan?' vroeg ze, waardoor hij uit zijn gepeins werd gewekt.

'Er vertrekken een paar paarden,' zei hij, nadat hij even de tijd had genomen om zijn gedachten te ordenen. 'Merries die drachtig bevonden zijn; die worden opgehaald om terug te gaan naar hun eigen stallen. Ik houd graag toezicht op hun vertrek, en er komen er nog een paar binnen voor een laat-seizoense dekking. Die gaan we installeren.'

'Of je bent welkom om met mij mee te gaan,' merkte Ted op. 'Ik ga kijken bij het nieuwe veulen dat je gisteren geboren hebt zien worden, en daarna moet ik een ontwormingsronde doen bij de oudere veulens die de leeftijd van acht weken hebben bereikt. Ik kan wel een extra paar handen gebruiken.'

Brianna keek van Declan naar Ted en weer terug, met duidelijke weifeling op haar gezicht. Declan balde zijn vuisten onder de tafel en dwong zichzelf om stil te blijven, de keuze aan haar te laten. Ze zou het vast leuker vinden om met Ted mee te gaan, om met de veulens bezig te zijn...

'Ik ga met jou mee, Declan, als je dat niet erg vindt. Als Ted iemand anders kan vinden om hem te helpen?' zei ze aarzelend.

'Genoeg gewillige handen,' zei Ted vrolijk.

Declan probeerde de dwaze grijns van zijn gezicht te wissen toen Teds scherpe blik op hem viel, maar hij wist door de manier waarop Ted met zijn ogen rolde dat hij daar jammerlijk in faalde. Hij gedroeg zich als een tiener met zijn eerste verliefdheid... en op dat moment kon het hem niets schelen.

Nadat de lunch voorbij was, gingen ze naar buiten om de merries te zien die die middag vertrokken. Ze keerden alle drie terug naar dezelfde stal en de vrachtwagen om hen op te halen was al gearriveerd; de hoofdgroom van hun eigen stal controleerde zijn pupillen met ervaren handen.

'Ze zien er goed uit, Declan,' zei de groom, terwijl hij overeind kwam toen hij Declan met Brianna zag naderen. 'Je hebt duidelijk goed voor ze gezorgd.'

'Natuurlijk,' zei Declan op geamuseerde toon. 'Dat is de reden waarom jullie eigenaren hun merries nergens anders heen sturen. Dat, en het feit dat Fandingus dit voorjaar tot nu toe drie van de vijf races heeft gewonnen. Fandingus is het laatste veulen van deze prachtige merrie bij Prestigious,' vertelde hij Brianna, terwijl hij zijn hand uitstak om de donkere kop van een merrie te strelen. 'Hij racet in zijn eerste seizoen en het is overduidelijk dat hij een ster gaat worden.'

'Dus ze is weer bij Prestigious gedekt?' vroeg Brianna, terwijl ze haar hand uitstak zodat de merrie er voorzichtig aan kon snuffelen voordat ze haar zachte neus kriebelde.

'De baas zegt dat hij de hengst is met de beste prijs-kwaliteitverhouding in Ierland,' knikte de groom naar haar. 'Bent je op bezoek, juffrouw?'

'Dit is Brianna Lane, de achternicht van Alastair,' stelde Declan haar voor. 'Mede-eigenaar van het landgoed. Ze blijft een tijdje om het vak te leren. Brianna, dit is Joe Collins, de beste paardenverzorger in Ierland. Ik probeer hem steeds aan te nemen, maar hij heeft een onverklaarbare loyaliteit aan zijn huidige werkgever.'

'Dat is helemaal niet onverklaarbaar. Hij betaalt goed.'

Brianna lachte daarom en Joe gaf haar een grijns. 'Aangenaam met je kennis te maken, Miss Lane. Ik zal mijn dames inladen en er dan vandoor gaan. Dan zijn ze op tijd thuis voor hun avondeten.'

'Heb je al het papierwerk?' Declan controleerde of alles in orde was en toen Joe dat bevestigde, leidde hij Brianna opzij, waar ze konden toezien hoe de merries voorzichtig in de grote paardentruck werden geladen.

Brianna kon zien hoe goed er voor de merries werd gezorgd; benen en staarten waren ingezwachteld voor het geval ze tijdens de reis ergens tegenaan zouden stoten en lichte zomerdekens beschermden hun glanzende vacht, terwijl er hooi in netten voor hen was opgehangen zodat ze tijdens de rit konden grazen. 'Comfortabeler dan een internationale vliegreis,' zei ze lachend tegen Declan, die grijnzend antwoordde.

'Daar heb je gelijk in. Ik ben vorig jaar namens Alastair naar Amerika gevlogen om naar wat merries te kijken die hij wilde overwegen, en ik zat in de economyclass. Die stoelen zijn niet gebouwd voor grote mannen.'

Ze kon zich voorstellen hoe ongemakkelijk hij het gehad moest hebben, met zijn lange benen klem tegen de stoel voor hem en zijn brede postuur samengeperst in de smalle stoeltjes. Ze knikte meelevend en zwaaide Joe gedag terwijl de groom de achterklep beveiligde en zijn pet naar hen aanraakte voordat hij naar de bestuurderskant van de truck liep om in te stappen. 'Hè – op de een of andere manier dacht ik dat hij achterin bij hen zou meereizen.'

'Het is noch veilig noch legaal om achter in een paardentruck mee te rijden,' liet Declan haar weten. 'Joe rijdt zelf, zodat hij ervoor kan zorgen dat ze een zo soepel mogelijke rit hebben. We moeten goed voor die drachtige dames zorgen.'

Brianna glimlachte naar hem. 'De paarden hier worden zo vertroeteld en beschermd – kregen zwangere vrouwen maar zo'n liefdevolle verzorging!'

'Bij mij zouden ze dat zeker krijgen,' zei Declan onmiddellijk. 'Ik zou waarschijnlijk de ergste aanstaande vader ter wereld zijn, die de hele tijd om haar heen drentelt. Mijn vrouw zou me waarschijnlijk het huis uit sluiten om mij niet constant om haar heen te hebben.'

Ze lachte... maar ze betrapte zichzelf er ook op dat ze nadacht over hoe het zou zijn om met Declan getrouwd te zijn. Om zijn aandacht volledig op haar gericht te hebben, om die sterke, maar zachte handen haar te laten aanraken en strelen.

Niet doen, Bri. Declan was het er al met je over eens dat toegeven aan deze aantrekkingskracht een slecht idee is. Ga geen onmogelijke fantasieën in je hoofd halen.

Het probleem was dat ze altijd al een levendige fantasie had gehad. Voor een grafisch ontwerper was dat een voordeel, maar op dit moment toonden haar gedachten haar Declan als vader, terwijl hij een kind met donkere ogen teder op de rug van zijn eerste pony tilde.

'Brianna,' zei Declan, en ze schrok wakker uit haar dagdroom. Hij keek haar vreemd aan. 'Gaat het wel goed met je? Je was even heel ver weg. Een cent voor je gedachten.'

Ze kon hem moeilijk vertellen dat ze hem had gevisualiseerd als een toegewijde vader voor hun kinderen, dus glimlachte ze en zei: 'Ik laat het allemaal gewoon even op me inwerken. Er valt veel te leren.'

'Dat is ook zo. Kom op. We gaan kijken of de stallen klaar zijn voor onze nieuwe gasten – ze kunnen elk moment aankomen!'

Hoofdstuk Twaalf

Tegen de tijd dat ze het huis binnengingen voor het diner, was Brianna uitgeput, en dat terwijl ze de hele dag niet veel meer had gedaan dan achter Declan aanlopen. Ze was er te veel aan gewend om haar werkdag aan haar bureau door te brengen in plaats van op haar benen; ze zou haar uithoudingsvermogen moeten opbouwen. Geen wonder dat Declan zo slank en fit was, dacht ze terwijl ze in een stoel aan de eettafel plofte. Hij was geen moment gestopt met bewegen en had ook veel fysiek werk verricht, waarbij hij een paar keer was bijgesprongen om weerspannige paarden in bedwang te houden, waaronder een gedenkwaardig bezoek aan de hengstenstal waar een merrie geen genoegen had genomen met de hengst die was binnengebracht om haar te dekken.

'Gaat het?' Declan glimlachte haar hartelijk toe vanaf de andere kant van de tafel terwijl hij zelf ging zitten, en ze gaf hem een vermoeide glimlach terug.

'Jawel, maar ik denk dat ik er vanavond vroeg in duik. Op dit moment heb ik het gevoel dat ik met mijn gezicht naar beneden op deze tafel in slaap zou kunnen vallen.'

Molly schepte vanavond een dikke, hartige stoofpot op, geserveerd met hompen knapperig brood besmeerd met verse boter. Brianna voelde zich bijna te moe om te eten, maar na de eerste hap besefte ze hoe hongerig ze was en begon ze gretig te eten.

'Ik zet het bord van Ted wel in de oven,' zei Molly luid. 'Hij is net even bij het huis om een tas voor ons in te pakken.'

'Waar gaan jullie naartoe, Moll?' vroeg een van de stalknechten nieuwsgierig.

'Ted en ik trekken hier in het grote huis in zolang Miss Lane op bezoek is.'

'Waarom?' kwam de onschuldige vraag. Brianna keek Declan aan met diezelfde vraag in haar ogen en zag zijn geamuseerdheid voordat hij zijn hoofd naar Molly neigde.

'Omdat ik geen geroddel over de reputatie van Miss Lane wil hebben, nu ze onder het dak van Declan verblijft.' Molly gaf de stalknecht in het voorbijgaan een zacht tikje tegen zijn oor.

De jongen keek Brianna aan en ze zag zijn verbijstering. Ze deelde die.

'Niemand gaat over Brianna roddelen, Moll,' zei Declan beslist. 'Niet als ze voor mij willen blijven werken, tenminste.'

Molly's mond vertrok tot een strakke lijn. 'Niet alle mensen die zouden kunnen praten werken voor jou, Declan O'Siorain. Ik heb Miss Lane in de kamer aan het einde van de gang gelegd en Ted en ik nemen die daarnaast.'

Brianna probeerde niet te lachen. 'Molly, echt, dat hoef je niet te doen. Ik heb geen chaperonne nodig. En ik ga over een paar weken toch weer naar huis; ik maak me echt niet druk als wat kleingeestige mensen willen roddelen. Eerlijk gezegd zouden ze het toch wel verzinnen als ze dat wilden, of je hier nu blijft of niet. Verhuis alsjeblieft niet voor mij.'

Molly bekeek haar nadenkend, wierp een korte blik op Declan en haalde uiteindelijk haar schouders op. 'Nou ja. Als je het zeker weet.'

'Ik weet het zeker. Zeg tegen Ted dat hij moet ophouden met pakken en zijn eten moet komen halen. Het is heerlijk trouwens. Maar goed dat ik veel beweeg, anders pas ik in geen enkel kledingstuk meer tegen de tijd dat ik naar huis ga!'

Declan keek met bewondering toe hoe Brianna Molly overtuigde om de dingen op haar manier te doen; ze had de oudere vrouw om haar vinger gewonden, dacht hij, net als de stalknechten die aan haar lippen hingen. Na het eten stond ze erop te helpen met opruimen, weigerde ze Molly ook maar een vinger te laten uitsteken en dreef ze Molly en Ted resoluut het huis uit achter de anderen aan.

Terwijl ze de deur achter hen sloot, draaide ze zich met een grijns naar hem toe. 'Ik voel me weer een tiener die wanhopig wil dat haar ouders de deur uit gaan, zodat ze kattekwaad kan uithalen.'

'Wat voor kattekwaad had je in gedachten?' Hij trok zijn wenkbrauwen naar haar op.

Brianna grinnikte en schudde haar hoofd. 'Zelfs als ik iets in gedachten had, ben ik gesloopt. Het enige wat ik wil is een lang, warm bad.'

'Ik breng je wel naar je kamer.'

Haar tassen stonden in de hal; Declan pakte ze in het voorbijgaan moeiteloos op en Brianna kon niets anders doen dan hem de trap op volgen, terwijl ze probeerde niet naar zijn billen te staren, of naar de manier waarop zijn spieren bewogen onder zijn nauwsluitende T-shirt.

Declan ging haar voor naar het einde van de overloop en opende de deur van een grote, luchtige kamer die ze zich nog herinnerde van haar rondleiding door het huis. Met geel-wit gestreept behang en een witte sprei met een patroon van kleine gele bloemetjes, leek de kamer zelfs 's nachts vol zonneschijn.

'Dit is echt prachtig, dank je wel,' zei ze terwijl Declan haar tassen aan het voeteneind van het bed zette en zich glimlachend naar haar omdraaide.

'Geen probleem. Voel je hier geen gast, Brianna... dit huis is voor de helft van jou, vergeet dat niet! Beschouw het als je eigen huis, alsjeblieft.'

'Wat, een beetje rondhangen in een oude joggingbroek en sinaasappelsap rechtstreeks uit het pak drinken?' zei ze ondeugend, wat hem aan het lachen maakte.

'Dat eerste mag je absoluut doen, maar je kunt er maar beter voor zorgen dat Molly je niet op dat tweede betrapt in haar keuken.'

'Ik zou daar niets durven aanraken. Is er echter ergens waar ik koffie kan zetten voordat ik 's ochtends naar beneden ga? Ik ben eigenlijk niet toonbaar voordat ik een kop op heb.'

'Ik zet mijn eigen koffie op mijn kamer,' gaf Declan toe. 'Ik zou de machine kunnen verplaatsen naar een plek waar jij er ook bij kunt... er is een klein open gedeelte bij de bocht van de overloop dat nooit echt ergens voor is gebruikt. Ik kan daar een tafeltje en een paar stoelen neerzetten, dan wordt dat ons koffiehoekje. Er is een badkamer vlak daarnaast voor water.'

'Klinkt heerlijk, maar ik wil je niet tot last zijn,' zei Brianna aarzelend.

'Helemaal geen moeite. Ga jij je maar installeren, pak je koffers uit, neem een bad. Dan ga ik even neuzen op de zolder. Er staan daar verschillende meubelstukken die wel zouden kunnen passen.' Met een laatste grijns liet hij haar alleen en sloot de deur achter zich.

'Hou op met zo aardig zijn, verdomme,' mompelde Brianna tegen de gesloten deur. 'Het maakt het echt heel moeilijk om je niet te begeren.' Met een zucht liep ze naar de badkamerdeur.

Tijd om het bad te laten vollopen – in een prachtige badkuip op pootjes die ze dolgraag wilde uitproberen – en dan te beginnen met uitpakken.

Na een lange, heerlijke sessie in bad – er stond zelfs lavendelbadzout in een schaaltje op de wastafel waar ze dankbaar gebruik van had gemaakt – trok Brianna het T-shirt en de short aan die ze als pyjama gebruikte en opende ze haar slaapkamerdeur. Het was pas acht uur, te vroeg om al naar bed te gaan. Ze vroeg zich af of Declan in zijn werkkamer was, of misschien in de televisiekamer beneden. Aarzelend liep ze over de overloop naar de trap en bleef staan toen ze langs een tafeltje kwam dat er eerst niet stond, met daarop een koffiecupmachine, een doosje capsules en twee omgekeerde mokken.

'Die man is een blijvertje,' mompelde ze in zichzelf, en ze slaakte een kreet van schrik toen de man in kwestie vlak achter haar zei:

'Nou, dank je wel.'

'Doe dat niet!' riep Brianna bijna uit, terwijl ze naar haar hart greep.

'Sorry! Ik dacht dat je zag dat mijn deur openstond.' Hij wees naar de deur aan de overkant van de overloop. 'Ik was mijn kleine koelkastje naar buiten aan het sjouwen, zodat we allebei de melk voor onze koffie kunnen gebruiken.'

'Ik blijf bij mijn woorden dat je een blijvertje bent,' zei ze toen haar hartslag vertraagde, terwijl ze toekeek hoe hij een kleine minibar zijn kamer uit tilde en bij de tafel parkeerde voordat hij de kabel pakte en in het stopcontact stak.

Declan grijnsde. 'Zolang je mijn bier maar niet steelt, niet dat ik er veel van heb.'

'Wat dat betreft zit je goed. Dat heb ik nooit lekker gevonden.'

Hij richtte zich op, vlak bij haar, veel dichter in haar persoonlijke ruimte dan ze normaal gesproken prettig vond, maar ze voelde geen drang om achteruit te stappen. Zijn ogen werden donkerder, zijn blik gleed naar haar lippen en de stilte gonsde plotseling van de spanning.

'We hadden al besloten dat dit een slecht idee was, nietwaar?' zei Brianna na een lang, ademloos moment.

'Ja, maar ik kan me niet meer herinneren waarom.' Hij staarde haar aan alsof hij haar wilde opeten, en zij wilde dat ook absoluut. Ze neigde naar hem toe, dichtte de laatste kleine afstand tussen hen en stak haar armen omhoog om hem in zijn nek te omhelzen.

De eerste kus was licht, slechts een vluchtige aanraking van de lippen, maar dat was voor geen van beiden langer dan een seconde genoeg.

Hoofdstuk Dertien

Declans sterke handen bogen zich onder Brianna's billen en tilden haar op, zodat ze op zijn hoogte kwam en hij haar makkelijker kon kussen. Ze sloeg onmiddellijk haar benen om zijn middel en haar armen om zijn nek, terwijl ze hem vurig terugkuste. Hij droeg haar moeiteloos mee zijn slaapkamer in, bracht haar naar het bed en legde haar neer, waarbij hij eindelijk de kus verbrak om haar in de ogen te kijken.

'Weet je het zeker?' vroeg hij met schorre stem.

Als antwoord trok Brianna aan zijn T-shirt, in een poging het over zijn hoofd uit te trekken. Declan glimlachte en hielp haar door het ongewenste kledingstuk opzij te gooien; hij straalde van pure mannelijke voldoening terwijl zij zijn brede schouders en zwaar gespierde borstkas bewonderend opnam.

'Prachtig,' zuchtte Brianna waarderend, terwijl ze met haar vingertoppen de contouren van zijn torso verkende. Ze voelde de stugge textuur van zijn donkerbruine borsthaar en volgde het spoor naar beneden waar het smaller werd tot een fijn haarkonijntje over het midden van zijn gespierde buikspieren.

Hij had zijn spijkerbroek na het douchen verruild voor een oude joggingbroek, en er was slechts een versleten, losse elastieken band die ze opzij hoefde te duwen voordat haar vingers gladde, harde hitte tegenkwamen. Declan slaakte een sissend geluid toen haar hand zich om zijn reeds gezwollen lul sloot. Hij fluisterde hees haar naam voordat zijn mond de hare weer zocht, hongerig en gretig.

Declan liet haar het initiatief nemen, terwijl zijn handen haar lichaam lichtjes door haar kleren heen verkenden, totdat ze ongeduldig achteruit week en haar T-shirt uittrok. Ze smeet het weg en glimlachte om de blik op zijn gezicht terwijl hij naar haar ontblote borsten staarde. Ze was altijd rondborstig geweest en was trots op haar natuurlijk stevige, ronde borsten. Hij maakte meer dan duidelijk dat hij haar vormen zeer waardeerde toen hij haar borsten eerbiedig in zijn grote handen nam; het volle vlees puilde er bijna overheen.

'Je bent verrukkelijk,' mompelde hij, voordat hij zijn hoofd boog om haar met zijn mond te aanbidden. Hij zoog aan haar bleekroze tepels tot het pruilende, aardbeirode puntjes waren en nam de tijd om haar grondig op te winden, totdat ze kreunend en kronkelend onder hem op het bed lag, haar vingers in zijn haar gegrepen terwijl ze zijn hoofd tegen haar borst drukte.

Eindelijk tevreden met de staat van tomeloze opwinding die hij bij haar had opgewekt, verliet Declan haar borsten om haar buik naar beneden toe te kussen, terwijl zijn vingers de tailleband van haar short voorzichtig omlaag schoven. 'Is dit oké?' vroeg hij zacht, terwijl hij lager kuste.

'O, hemel, ja,' zei Brianna onmiddellijk, en ze opende haar ogen om op hem neer te kijken. Zijn donkerblauwe ogen glinsterden naar haar op terwijl hij zachtjes lachte en haar short verder naar beneden trok. Ze zette haar hielen in de matras om haar heupen gedwee op te tillen zodat hij het kledingstuk volledig kon verwijderen. Ze dacht bij zichzelf hoe blij ze was dat ze deze reis als een vakantie had beschouwd en nog een waxbeurt had laten doen voordat ze uit Melbourne vertrok.

'Fuuuck,' fluisterde Declan, starend naar de smalle landingsbaan van haar Brazilian-gewaxte kutje. 'O fuck, dat is zo geil.'

Hij deelde niet vaak het bed met iemand, ondanks zijn uiterlijk, betrapte Brianna zich op de gedachte. Zelfs meisjes op het platteland in het westen van Ierland lieten zich vast wel Brazilian-waxen. Grinnikend tilde ze een voet op om die over zijn schouder te haken, waarbij ze haar hiel tegen zijn rug drukte om hem dichterbij te dwingen.

'Kom het maar eens van dichterbij bekijken.'

'Ik wil meer doen dan alleen kijken, ik wil proeven.' Hij hield zijn ogen op de hare gericht, wachtend op haar instemmende knikje voordat hij zijn gezicht tussen haar benen begroef. Hij maakte een punt van zijn tong en liet die lichtjes over haar clit gaan.

Brianna rilde, boog haar knieën en zette haar voeten plat op de matras, waardoor ze zichzelf wijd opende voor Declans verkenningstocht. Hij nestelde zich comfortabel op zijn buik, met zijn armen om haar dijen geslagen om haar stil te houden terwijl zijn mond haar absoluut gek maakte.

Hij kwam pas weer boven om adem te halen toen ze klaarkwam, waarbij ze haar extase uitschreeuwde zonder zich zorgen te maken over hoe hard het klonk.

'Maar goed dat je Molly hebt overtuigd om niet te blijven slapen,' mompelde Declan, terwijl hij al kussend zijn weg terug omhoog over haar buik vervolgde.

'Vooral omdat je de deur niet eens hebt dichtgedaan,' bracht Brianna hijgend uit. Declan draaide zich abrupt om om te kijken en barstte toen in lachen uit.

'Jezus, je hebt gelijk. Maak je geen zorgen, er komt 's avonds nooit iemand het huis binnen. Ze gunnen me mijn privacy.'

'Dat is maar goed ook.' Ze ademde nog steeds snel en haar huid trilde overal waar Declan haar aanraakte. Hij plantte warme, lichte kusjes op haar borsten, cirkelend naar haar tepels, waarbij hij elke tepel om de beurt een snelle lik gaf. Ze spon van genot terwijl ze door zijn haar streek en de stugge textuur van zijn krullen voelde, de lichte ruigheid in zijn nek waar het echt een knipbeurt nodig had. Plagerig trok ze er zachtjes aan.

'Ben je een matje aan het kweken?'

'Jezus, geen denken aan!' Hij trok zich terug met een verschrikte blik. 'Wordt het echt zo lang?'

'Het valt wel mee.' Ze giechelde om zijn uitdrukking. 'Ik zou het voor je kunnen knippen, als je wilt. Ik heb stage gelopen bij een kapper tijdens school, ik heb wel een paar kneepjes geleerd.'

'Graag. Ik lijk er anders nooit tijd voor te vinden.' Hij liet zijn kin tussen haar borsten rusten en keek haar zielig aan. 'Arme, overwerkte Declan.'

'Je vindt het heerlijk, maak dat de kat wijs.' Brianna snoof. 'Je bent een workaholic.'

'Dat weet ik zo net nog niet... Ken je die uitspraak over het vinden van iets waar je van houdt, en dan een gek vinden die je betaalt om het te doen? Dat ben ik. Ik doe iets waar ik van houd, ik zou het met plezier gratis doen en ik... nou ja, Alastair betaalde me altijd erg goed om het te doen. Nu is het voor de helft van mij en ik ken elke druppel bloed, zweet en tranen die ik erin heb gestoken...' Zijn stem verstierf, blijkbaar niet in staat zijn gevoelens onder woorden te brengen.

'Je hebt geluk,' zei Brianna zacht, terwijl ze met haar vingers door zijn krullende haar streek.

Hij grinnikte naar haar, en er kwam weer een glinstering in zijn donkerblauwe ogen.

'Ik voel me op dit moment ook behoorlijk fortuinlijk.'

Ze lachte. 'Nou, technisch gezien heb je nog geen geluk gehad. Trek je broek uit, dan gaan we daar wat aan doen.'

'Ja... daarover gesproken. Ik heb geen condooms.' Zijn grimas was een beetje spijtig. 'Het is... al een tijdje geleden.'

'En ik heb er ook geen bij me. Ik had niet verwacht te ontdekken dat mijn partner in dit avontuur een gespierde Ierse seksgod was.' Ze glimlachte naar hem en hield haar toon bewust luchtig. 'Ik slik echter wel de pil. Dus seks is nog steeds een optie.'

De hongerige blik op zijn gezicht was onmiskenbaar. 'Als je het zeker weet?'

De hitte die zich weer in haar kruis begon te verzamelen, maakte het idee te verleidelijk om te weerstaan. Doelbewust duwde ze de achterkant van zijn joggingbroek met haar hiel een paar centimeter naar beneden. 'Uit met dat ding. Ik wil zien wat ik krijg.'

Declan kwam overeind en knielde rechtop, terwijl hij zijn joggingbroek tot aan zijn knieën naar beneden duwde voordat hij er volledig uitstapte. Brianna staarde hongerig terwijl de rest van zijn lichaam zich aan haar onthulde: een smalle taille en slanke heupen die uitliepen in de krachtig gespierde dijen van een ruiter. Zijn lul, die trots oprees uit een nest donkerbruine krullen, was perfect in verhouding tot zijn lange, stevige gestalte.

'O, lekker,' zei ze met een zachte zucht, wat hem aan het lachen maakte. Terwijl hij haar aankeek, sloot hij zijn hand om de basis van zijn lul en bewoog hem een paar keer op en neer, waarbij hij haar liet zien dat hij nog niet eens volledig opgewonden was terwijl hij nog dikker en langer werd.

'Hoe wil je het hebben?' vroeg Declan met een zachte grom.

Brianna slikte en likte haar lippen af. 'Langzaam om te beginnen, dan hard en snel,' bekende ze in een bijna-fluistering. 'Een flinke beurt om het af te maken.'

'Jezus, Maria en Jozef, je wordt nog mijn dood,' deed Declan alsof hij naar zijn hart greep. 'Maar ik zal als een gelukkig man sterven!'

Brianna giechelde toen hij bovenop haar viel, waarbij de spanning van het moment door zijn geplaag werd gebroken, en ze opende haar armen voor hem. Ze sloeg haar benen om zijn slanke heupen en hield haar adem in toen de dikke, hete punt van zijn lul tegen haar kutje duwde.

'O God, dat voelt goed,' kreunde ze. 'Ja... alsjeblieft, meer!'

'Langzaam en gestaag om te beginnen, weet je nog?' Hij zocht haar lippen voor een kus terwijl hij zijn heupen traag bewoog. 'Heilige Moeder, wat ben je nauw.'

Ze kon alleen maar kreunen, hoge, paniekerige geluidjes, terwijl hij langzaam in haar gleed. Haar kletsnatte kutje verwelkomde zijn indringing, ook al moest ze er duidelijk voor opgerekt worden. Het voelde geweldig: Declan die het rustig aan deed en haar kaak en hals kuste terwijl hij dieper naar binnen gleed, zijn borsthaar een sensueel geschuur tegen haar gevoelige tepels. Ze klemde zich vast aan zijn brede schouders en haar korte nagels groeven zich diep in zijn huid terwijl ze naar adem hapte.

'Gaat het?' vroeg Declan, en Brianna knikte verwoed terwijl ze met haar heupen draaide, op zoek naar de wrijving die ze zo hard nodig had.

'Alsjeblieft,' kermde ze, en hij lachte hees.

'Prachtige vrouw. Ik heb je.' Hij verplaatste zijn gewicht naar achteren op zijn hielen en tilde haar met zijn stevige handen aan haar billen op zijn schoot, haar rug hol getrokken, haar schouders nog steeds op de matras. Door de verandering van hoek zag ze sterretjes.

'O God, ja!'

Declan leek geen woorden te kunnen vinden en maakte alleen maar rauwe geluiden in zijn keel terwijl zijn heupen begonnen te stoten. Hij ramde hard heen en weer, terwijl zijn lul krachtig in en uit haar gleed, waardoor Brianna precies kreeg wat ze nodig had. Haar kreten van extase zouden zeker iedereen in huis op de been hebben gebracht, maar ze waren helemaal alleen. Declans diepe triomfkreet volgde kort daarna, en toen was er alleen nog het geluid van een snelle ademhaling, die geleidelijk rustiger werd terwijl ze zij aan zij op het bed lagen, met Declans gezicht begraven in Brianna's haar terwijl hij haar dicht tegen zich aan hield.

Hoofdstuk Veertien

Brianna werd alleen wakker, behaaglijk in een nest van dekens gewikkeld. De afdruk van Declans hoofd op het andere kussen voelde koel aan, dus ze wist dat hij al een tijdje weg was. Hij was waarschijnlijk een vroege vogel, realiseerde ze zich terwijl ze onder de dekens vandaan kroop en zachtjes kromp toen haar dijen protesteerden bij de beweging.

Er stond een klok op het nachtkastje; het display gaf 6:51 aan. Terwijl ze zich loom uitrekte, kon ze een glimlach niet onderdrukken door de aangename spierpijn over haar hele lichaam.

Ze hadden voor het slapengaan nog een tweede keer de liefde bedreven, en daarna nog eens in de loop van de nacht toen ze wakker werd om wat te gaan drinken, om bij terugkomst in bed te ontdekken dat hij ook wakker was. Die keer had zij de leiding genomen; ze was boven op hem gaan zitten en had glimlachend op hem neergekeken terwijl zijn handen omhoog reikten om haar borsten te omvatten, waarbij zijn duimen haar tepels plaagden.

Al met al was het de beste nacht vol seks die Brianna ooit had beleefd. Met pijn in al haar ledematen liep ze terug naar haar eigen kamer voor een lange, hete douche om de geur van seks van haar lichaam te wassen.

Molly was in de keuken toen ze naar beneden ging; ze haalde net verse broden uit de grote oven. De heerlijke geur deed het water in Brianna's mond lopen.

'O God, dat ruikt lekker,' kreunde ze bijna.

Molly glimlachte en zwaaide met een ovenwant in haar richting. 'Ga zitten, ga zitten. Deze zijn nog te heet, maar ze koelen snel af, en ik heb spek in de warmhoudoven staan. Hoe wil je je eieren?'

'Zelden,' zei Brianna met een verontschuldigende glimlach. 'Ik kan er helaas niet zo goed tegen. Alleen spek met wat van dat brood is al fantastisch.'

'Koffie?' bood Molly gastvrij aan.

'Ik heb boven al een kopje gehad, maar ik lust er nog wel een. Ik zet het zelf wel, hoor. Zeg me maar waar ik alles kan vinden. Ik verwacht zeker niet dat je me op mijn wenken bedient, Molly!'

Molly draaide zich toen volledig naar haar om, stralend, hoewel haar uitdrukking snel betrok. 'O, die jongen toch,' zuchtte ze.

Brianna fronste haar wenkbrauwen van verwarring. 'Neem me niet kwalijk?'

'Je hebt de lichte Ierse huid van je grootmoeder, Brianna Lane. Daar zie je scheerbrand ontzettend goed op.' Molly schudde verwijtend haar hoofd.

Op Brianna's lichte huid was haar blos ook veel te goed te zien. Ze weigerde echter haar hoofd te laten zakken of een beschaamde indruk te maken en hield haar ogen standvastig op Molly's gezicht gericht. 'En dat gaat niemand iets aan, behalve Declan en mij.'

'Ik begrijp je.' Molly zuchtte terwijl ze zich omdraaide en naar een groot koffiezetapparaat in de hoek van de keuken liep. 'Als je echter geen zin hebt in een hoop geknipoog en gefluister achter je rug als je naar de paddocks gaat, kun je maar beter even de tijd nemen om eerst wat make-up op te doen.'

'Dat kan ik doen,' stemde Brianna in, terwijl ze ging kijken wat Molly aan het doen was. De oudere vrouw deed een stapje terug en liet haar het koffiezetapparaat bedienen, waarbij ze met een arendsoog toekeek tot het duidelijk was dat Brianna het onder de knie had.

'Het zijn mijn zaken niet,' zei Molly, druk in de weer bij het fornuis terwijl Brianna met haar kop koffie aan tafel ging zitten, 'maar hoe lang ben je van plan te blijven?'

'Dat weet ik niet,' gaf Brianna toe. 'Ik heb een retourticket zonder vaste datum, dus er is geen definitieve dag voor mijn vlucht terug, hoewel mijn oorspronkelijke plan was om ongeveer twee weken te blijven. Ik heb tot vier weken betaald verlof van mijn werk, zolang ik mijn huidige projecten via e-mail bijhoud. Daarna zou ik met mijn baas moeten praten om te zien wat er geregeld kan worden.'

Molly's blik was direct. 'Je zou moeten blijven.'

'Zeg me alsjeblieft niet dat ik nu met Declan moet trouwen omdat ik met hem naar bed ben geweest.' Brianna lachte, in een poging de spanning te breken. Molly glimlachte niet.

'En waarom niet?'

'Omdat we elkaar nauwelijks kennen!'

'Dat hield je niet tegen om tussen de lakens te rollen, of wel soms?' Molly zette een bord op tafel met een paar knapperige, nog stomende broodjes en een stapel krokant spek.

'Dat is anders!' Brianna beet op haar lip toen Molly haar een veelbetekenende blik toewierp. Ze zou de Ierse plattelandsvrouw er niet van kunnen overtuigen dat het scharrelen met Declan alleen maar om seks ging. Voor zichzelf moest ze toegeven dat het niet alleen maar seks was, tenminste niet voor haar. Ze was er nog niet klaar voor om er precies een label op te plakken, maar ze was al aan het bedenken hoe ze haar baas ervan kon overtuigen haar verlof te verlengen, of haar meer projecten te geven waar ze op afstand aan kon werken.

'Weet je waar Declan zou kunnen zijn?' vroeg Brianna nadat ze haar ontbijt snel naar binnen had gewerkt.

Molly keek haar onderzoekend aan, maar zei alleen: 'Loop maar naar de hoofdpaddocks, iedereen zal je hem kunnen wijzen. Hij laat wel van zich horen.'

Toen ze het huis uit liep, hoefde ze niet eens te zoeken; Declan stond slechts een paar stappen verderop, zijn handen op zijn slanke heupen terwijl hij toekeek hoe een stalknecht een merrie de oprit op en neer leidde, met een langbenig veulen dat aan haar hielen danste.

'Goedemorgen.' Brianna liep naar hem toe om naast hem te gaan staan, en hij keek opzij met een brede glimlach.

'Dat is het nu zeker.'

Ze glimlachte terug en onderdrukte de drang om dichterbij te komen, om hem aan te raken. 'Waar kijken we naar?'

'Een zeer dure merrie uit Frankrijk wier naam ik niet eens bij benadering kan uitspreken.' Declan grijnsde naar haar. 'En haar even dure en nog onuitspreekbaarder veulen, dat nu al laat zien dat hij een toekomstige steeplechaser wil worden. Hij sprong vanmorgen puur uit enthousiasme over de staldeur om de weiden in te kunnen. Het landen op het harde beton van het stalplein ging hem echter niet zo goed af. Ik kijk even of hij zichzelf geen ernstige schade heeft toegebracht.'

'Oei.' Brianna keek weer naar het veulen, dat bestond uit louter slungelige benen en vliegende hoeven terwijl hij midden in de draf probeerde zijn kop onder de buik van zijn moeder te steken om wat melk te drinken. De merrie duwde hem weg, en het veulen schoot naar voren en probeerde de stalknecht te bijten, die hem met het gemak van jarenlange ervaring afweerde. 'Hij ziet eruit als een herrieschopper.'

'Ja, en zijn moederpaard is niet volgens schema hengstig geworden.' Declan knikte naar de stalknecht. 'Ik denk dat hij in orde is, Eamon. Breng ze naar de wei en ik laat Ted hem vanavond nog even nakijken.'

De stalknecht raakte respectvol zijn voorhoofd aan en leidde de merrie weg, waarbij hij handig de tanden van het veulen weer ontweek.

'Ik neem aan dat een dagelijkse routine hier niet bestaat,' zei Brianna peinzend terwijl ze naar het centrale stalplein liepen.

'Dat weet ik zo net nog niet.' Declans hand raakte de hare aan, zijn vingers krulden zich kort om haar hand voordat hij zich leek te bedenken en weer losliet. 'We proberen de routine voor de paarden zo consistent mogelijk te houden – ze gedijen het beste bij regelmatige voertijden en dergelijke. Maar ja, elke dag brengt nieuwe uitdagingen met zich mee. Mijn baan is nooit saai, dat is zeker!'

'Wat staat er dan op de agenda voor vandaag?' vroeg ze.

'Ik dacht dat je het misschien leuk zou vinden om een ritje te maken.'

Brianna's hoofd schoot zijn kant op. Declan grijnsde om haar reactie.

'Ja, we hebben hier ook rijpaarden,' zei hij, vooruitlopend op haar vraag. 'Ik ga soms meerdere keren per dag heen en weer tussen Galamor en Ballybronn, en de auto starten om die afstand af te leggen lijkt me zonde van de brandstof. Door te paard te gaan heb ik tijd om na te denken, en kan ik tegelijkertijd de omheiningen en het vee controleren.' Hij leidde haar naar een kleiner zijplein, waar twee paarden gezadeld en wel klaarstonden, vastgebonden aan een balk.

'Ik ben hier niet echt op gekleed,' bedacht Brianna zich, terwijl ze omlaag keek naar haar spijkerbroek en wandelschoenen.

'Dat gaat prima. We gaan niet galopperen. Vandaag althans niet.' Declans grijns liep over van ondeugd. 'Ooit op een ex-renpaard gereden?'

Ze bekeek het langbenige paar bruine volbloeden zenuwachtig. 'Nee, nog nooit.'

'Ze zijn goed getraind, maak je geen zorgen. Een vriend van mij runt een programma genaamd Racehorse Rehab, bedoeld om gepensioneerde renpaarden – dieren die niet voor de fokkerij worden ingezet – aan het einde van hun carrière op te vangen en om te scholen tot rijpaarden.'

'Mooi initiatief,' vond Brianna. 'Dus wie zijn deze twee? En welke is van mij?'

'Maakt niet uit.' Declan haalde zijn schouders gemoedelijk op. 'Ze hebben allebei lange, sjieke officiële namen, maar hier noemen we ze Shadow en Tigger.'

'Tigger klinkt alsof hij nogal springerig voor me zou kunnen zijn. Ik neem Shadow wel.'

Declan grinnikte om haar grapje en overhandigde haar een paar gedroogde schijfjes appel uit zijn zak, zodat ze zich fatsoenlijk aan Shadow kon voorstellen. Vijf minuten later zaten ze in het zadel en reden ze de paddock uit, langs de oever van het meer richting Ballybronn.

Brianna was gefascineerd door de schoonheid van het uitzicht: het diepe blauw van het meer en het rijke groen van de heuvels aan de overkant, met slechts een paar brede wolken die hoog in de lucht voorbijvoeren. Een lui briesje veroorzaakte wat rimpelingen op het meer.

'Ik beschouw dit als vanzelfsprekend,' onderbrak Declans zachte stem haar gepeins. 'Als ik jouw gezichtsuitdrukking echter zie, kijk ik er weer met nieuwe ogen naar.'

'Ik denk niet dat ik ooit ergens ben geweest dat zo mooi is als dit,' zei Brianna eerlijk. 'Noch ergens dat zo groen is.'

'Het heeft niet meer geregend sinds je hier bent, maar we krijgen genoeg, zelfs in de zomer. Regent het niet in Melbourne? Ik weet dat ze Australië het droge continent noemen, maar ik had de indruk dat Melbourne in het zuiden lag en echte seizoenen had?'

'Dat hebben we ook.' Brianna lachte in zichzelf. 'Soms vier seizoenen op één dag. Vorig jaar winter ben ik op dezelfde dag verbrand door de zon en had ik blauwe plekken van een hagelbui.'

Declan keek haar ongelovig aan, ervan overtuigd dat ze hem in de maling nam. Ze grijnsde naar hem terug. 'Ik meen het. We hebben seizoenen, maar ze zijn niet hetzelfde als hier – om te beginnen zijn ze omgedraaid. Kerstmis is een tijd voor barbecues en strandfeestjes, niet voor sneeuw en ijs!'

Hoofdstuk Vijftien

ZE BRACHTEN DE HELE dag in elkaars gezelschap door, pratend en lachend, volkomen op hun gemak samen alsof ze elkaar al jaren kenden in plaats van dagen. En die avond, toen ze eindelijk alleen waren, trok Declan Brianna in zijn armen en kuste haar als een uitgehongerde man.

'Dat wil ik al de hele verdomde dag doen,' bracht hij er met schorre stem uit, zijn pupillen verwijd van lust terwijl hij op haar neerkeek. 'Ga mee naar bed. Ik wil elke centimeter van dat verrukkelijke lichaam van je kussen.'

Lachend renden ze hand in hand de trap op als een paar kinderen, maar er was niets kinderlijks aan de manier waarop Declan haar aanraakte, de gevoelens die hij in haar opriep. Ze beantwoordde hem met gelijke munt, bijna zijn hemd openscheurend in haar gretigheid om het uit te trekken, waarna ze hem op de matras duwde, schrijlings op hem ging zitten en met een keelachtige kreun van genot tegen hem aan schuurde.

Geen van beiden hield het langer dan een minuut vol, waarna Brianna van Declan af rolde en met een zucht op het bed in elkaar zakte.

'Dit gaat mijn beurse heupen geen goed doen,' mompelde ze met haar gezicht in de kussens.

Grinnikend rolde hij over haar heen om over haar dijen te komen zitten, waarbij hij zijn sterke handen in haar billen en de achterkant van haar dijen zette om de pijnlijke spieren te kneden en te masseren die ze had overgehouden aan het feit dat ze voor het eerst in jaren weer op een paard had gezeten.

Brianna kreunde schaamteloos terwijl Declan haar pijntjes wegmasseerde, waarmee hij de taak voltooide om haar volledig te laten ontspannen, iets waar hij met dat magnifieke orgasme al mee was begonnen. 'Ik begin te denken dat Molly gelijk heeft,' mompelde ze vaag.

'Dat heeft ze meestal wel, maar waar ging het dit keer over?'

Ze kon hem moeilijk vertellen dat Molly had gesuggereerd dat ze moest blijven en met Declan moest trouwen, dus in plaats daarvan zei ze: 'Gewoon, dat je een blijvertje bent.'

Declan lachte teder. 'God zegene haar. Het verbaast me dat ze je niet heeft verteld dat je er een ring omheen moet doen.'

Brianna's stilzwijgen moet haar hebben verraden, want hij hield even op met bewegen voordat hij zijn massage hervatte.

'Dat heeft ze dus wel gedaan, zie ik. Laat haar niet onder je huid kruipen, Brianna.' Zijn toon was luchtig. 'Ze is een verstokte katholiek en hoewel ze van me houdt als de zoon die ze nooit heeft gehad en me niet al te streng zal bekritiseren, kan ze haar aangeboren afschuw bij de gedachte aan seks buiten het huwelijk ook niet helemaal opzijzetten.'

Hij gleed van haar benen af en ging naast haar liggen, waarbij hij met een warme hand zachtjes over haar zij streek tot ze haar hoofd draaide en hem aankeek. Hij keek haar diep in de ogen, besefte Brianna, terwijl hij haar blik peilde en zei:

'Ik zou echter liegen als ik zou zeggen dat de gedachte niet bij me was opgekomen als de perfecte oplossing voor onze situatie.'

'Ik zei dat ik graag een stille vennoot wilde zijn,' bracht Brianna in het midden, en Declan knikte.

'Ik weet het, en dat is ook een geweldige oplossing, hoewel het wel betekent dat we een soort overeenkomst moeten opstellen over hoeveel winst er wordt geherinvesteerd en dergelijke. Misschien is het gewoon luiheid, maar voor mij zou het in elk geval de beste van alle mogelijke werelden zijn. Niet in de laatste plaats omdat het betekent dat je zou blijven.'

Hij kuste haar schouder, een langzame, tedere kus met open mond, en Brianna keek hem alleen maar aan, onzeker over wat ze moest zeggen.

'Kunnen we het er nu even niet te zwaar over maken?' vroeg ze eindelijk. 'Kunnen we niet gewoon... een tijdje genieten van wat dit is? Laten we over een maand of zo praten, als we enig idee hebben of we op de iets langere termijn kunnen samenwonen en samenwerken zonder elkaar te vermoorden.'

'Wijze vrouw.' Hij kuste haar schouder nogmaals voordat hij haar lippen zocht. 'En in de tussentijd kunnen we Molly nog wat meer choqueren.' Er glinsterde een ondeugende blik in zijn ogen terwijl hij haar weer in zijn armen trok, en Brianna begon te lachen.

'Ik denk dat je te lang geen seks hebt gehad!'

'Daar heb je waarschijnlijk wel gelijk in,' gaf hij toe, terwijl hij zijn neus tussen haar borsten drukte en lichtjes tegen haar dij aan schuurde, om haar te laten zien dat hij alweer opgewonden was.

Declan gleed voorzichtig weer naar binnen in Brianna's gewillige lichaam en kreunde van genot toen ze zich voor hem opende en haar lange benen om zijn heupen sloeg. Hij had het niet hardop gezegd, maar hij wist dat het niet alleen de paar maanden onthouding waren die zijn libido zo hoog lieten oplopen. Hij had Brianna gewild vanaf het moment dat hij haar voor het eerst zag, en nu hij haar ook had leren kennen en mocht, was zijn honger naar haar vertienvoudigd. Met haar trouwen begon per uur minder vergezocht en aantrekkelijker te klinken.

Terwijl ze sliep, voldaan en volkomen ontspannen, lag Declan wakker, steunend op één elleboog. Hij bekeek haar vredige gezicht en vroeg zich af wat hij kon doen om haar te overtuigen om te blijven. Alleen goede seks was geen basis voor een langdurige relatie, en hoewel ze het duidelijk naar haar zin had in de paddocks en bij de paarden, vermoedde hij dat het haar op de lange termijn niet genoeg voldoening zou geven.

Met een zucht ging hij weer op de kussens liggen en beval zichzelf te gaan slapen. De volgende dag zou fysiek net zo zwaar zijn als elke andere dag op het landgoed, en hij moest rusten.

Vlak voordat hij indommelde, vlogen zijn ogen open en begon hij te glimlachen. De gedachte die net in hem op was gekomen, zou Brianna iets geven om haar vaardigheden op bot te vieren, althans voor een tijdje.

'Hoeveel weet jij van website-ontwerp?' vroeg hij toen ze de volgende ochtend bij hem kwam in de paddock, terwijl hij een merrie vasthield zodat de hoefsmid haar hoeven kon onderzoeken en bekappen.

'Best veel,' zei Brianna. 'Hoewel het niet mijn dagelijkse werk is, heb ik geadviseerd bij het herontwerp van een paar websites voor klanten, en ik heb tijdens mijn studie verschillende modules over website-ontwerp en codering gevolgd. Een e-commerce site zou ik echter niet aandurven.'

'Dat zou ik je ook niet vragen... maar ik dacht erover om je los te laten op de website van Leary Estates. Alec heeft die ongeveer tien jaar geleden laten maken en sindsdien hebben we eigenlijk alleen maar de gegevens bijgewerkt over welke hengsten hier staan.'

Brianna's ogen sprankelden toen ze zijn blik beantwoordde. 'Dat zou ik geweldig vinden! Ik heb even op de website gekeken toen ik voor het eerst over het landgoed hoorde, en ik vond het jammer dat hij zo summier is, ook al zijn de foto's prachtig. Ik zou er heel wat mee kunnen doen...'

Terwijl hij zag hoe haar blik dromerig werd en ze haar ideeën begon op te sommen — haar creatieve ziel genoot overduidelijk van de kans — glimlachte Declan.

'Ik breng je naar het kantoor om Fionn te ontmoeten. Zij heeft alle wachtwoorden en dat soort dingen. Je bent daar nog niet binnen geweest, toch?'

'Alleen heel kort,' zei ze, en hij herinnerde zich dat ze inderdaad even naar binnen hadden gekeken toen ze nog deed alsof ze de assistent van de bedrijfsmakelaar was. Het kantoor was oorspronkelijk de portierswoning van Galamor, inmiddels verbouwd tot de plek waar al hun dossiers werden bewaard. Na een korte wandeling over de oprijlaan gingen ze het lage stenen huisje binnen.

Fionn, de office manager, keek op en knikte naar Declan, terwijl haar vingers over het toetsenbord dansten en ze in het Gaelic bleef praten via haar headset. Ted zat aan een ander bureau veeartsenijkundig papierwerk in te vullen voordat hij het aan Mairi, de administratief medewerker, zou geven om het in de digitale database in te voeren en daarna te archiveren. Hij glimlachte en begroette Brianna vrolijk.

'En hoe is het ermee vandaag, meid?'

'Heel goed, dank je. Declan heeft me gevraagd om naar de website te kijken,' zei ze, en Ted knikte enthousiast.

'Dat is een razend goed idee.'

'Dat is het zeker.' Fionn beëindigde haar gesprek en stond op om Brianna een hand te geven, terwijl ze breed glimlachte. Ze was waarschijnlijk een jaar of vijf ouder dan Brianna, mollig en opgewekt, met een bosje korte zwarte krullen rond haar gezicht. 'Ik roep al een tijdje tegen Declan dat het moet gebeuren, ik heb alleen de kennis niet om het aan te pakken.'

Ze was duidelijk opgetogen dat Brianna hen kwam versterken, en al snel had ze haar geïnstalleerd aan een bureau met de laptop die Brianna onderweg bij het huis had opgepikt, aangesloten op hun snelle internetverbinding en voorzien van de nodige wachtwoorden om in de back end van de website te komen. Mairi bracht haar met een verlegen glimlach een kop koffie, en Brianna nestelde zich in haar bureaustoel en maakte zich klaar om aan het werk te gaan. Toen ze zag dat Declan bij de deur bleef dralen, wuifde ze hem weg.

'Hup, jij.'

Hij lachte en tot haar lichte verrassing kwam hij naar haar toe, boog zich over haar heen en kuste haar vol op de mond voordat hij zich omdraaide om weer naar buiten te gaan. Brianna kleurde vuurrood en boog haar hoofd om te ontsnappen aan de nieuwsgierige blikken van Fionn en Mairi, en gelukkig leken ze geen van beiden vrijpostig genoeg om haar uit te horen. Ze gingen weer aan hun eigen werk en lieten haar in vrede beginnen aan het herontwerp van de website.

Hoofdstuk Zestien

DE DAGEN LEKEN VOORBIJ te vliegen. Brianna bracht de meeste ochtenden door in de paddocks met Declan, waarbij ze vaak met hem naar Ballybronn reed en over de landgoederen toerde, voordat ze 's middags naar kantoor ging om aan haar eigen grafische opdrachten en de website van Leary Estates te werken. Ze was niet zelfverzekerd genoeg geweest om alle wijzigingen die ze had bedacht direct online te zetten, en had een testsite gemaakt zodat Declan die eerst kon goedkeuren, maar hij was uiterst onder de indruk van wat ze had gedaan en zei dat ze het onmiddellijk live moest zetten. De interactie op de website nam bijna direct toe, en verschillende eerdere klanten merkten aan de telefoon op hoe goed het eruitzag.

Brianna kon zich oprecht geen moment in haar leven herinneren waarin ze zich zo gelukkig, zo vervuld had gevoeld. Het leven op Galamor was idyllisch, en haar relatie met Declan was de kers op de taart. Toch vermeed ze het om over de toekomst na te denken; ze was nog niet helemaal klaar om zich nu al definitief te binden.

'Heb je ook nette jurken ingepakt?' vroeg Declan onverwacht op een avond. Ze lagen heerlijk te ontspannen in het enorme bad op pootjes in zijn badkamer, met Brianna's hoofd rustend op zijn schouder.

'Hm... definieer netjes,' mompelde ze. 'Voor welke gelegenheid?'

'Om naar de paardenraces te gaan.' Hij grinnikte en kuste haar slaap toen ze haar hoofd omdraaide om hem vragend aan te kijken. 'Er is dit weekend een bijeenkomst in Galway en we hebben twee paarden die meelopen.'

'Oh.' Ze vergat altijd dat het landgoed paarden had die daar niet vast stonden, veulens die op de stoeterij uit hun eigen merries waren geboren en daarna gingen racen. Ze werden ondergebracht bij trainingsstallen verspreid over Ierland en Engeland en vormden het toekomstige fokmateriaal van de stoeterij. 'Dat klinkt erg leuk.'

'We zouden in het eigenarenpaviljoen zitten. De mensen dossen zich daar flink uit.'

Denkend aan haar garderobe thuis in Melbourne, slaakte Brianna een zucht. 'Ik heb waarschijnlijk niets passends bij me.'

'Dan kunnen we maar beter een dag eerder gaan, zodat ik je mee kan nemen om te winkelen, hè?'

'Meenemen om te winkelen?' Ze kneep hem zachtjes in zijn arm en lachte. 'Dit is Pretty Woman niet, Declan. Ik heb geen metamorfose nodig en ik kan mijn eigen kleren kopen.'

'Natuurlijk, ik bedoelde alleen dat je de kans zou willen hebben om te gaan shoppen! En misschien wel een heleboel sexy jurkjes voor me wilt showen.' Hij stak zijn tong naar haar uit en maakte van de gelegenheid gebruik om aan haar oor te likken, wat leidde tot veel gegiebel, een stoeipartij en de helft van het badwater dat over de vloer klotste.

De rit naar Galway duurde ongeveer anderhalf uur en voerde door een van de mooiste landschappen die Brianna ooit had gezien. Ze staarde de hele tijd betoverd uit het raam terwijl Declan reed. Ze zag niet eens dat hij haar regelmatig zijdelings aankeek met een liefdevolle glimlach.

Declan had een vakantiehuisje net buiten de stad gehuurd, waar hij naar eigen zeggen altijd verbleef. Het was een gezellig optrekje, gelegen op een kleine heuvel met uitzicht op het water. Ze stopten daar eerst om hun tassen af te geven voordat Declan Brianna naar de stad reed. Ze wist niet goed wat ze kon verwachten en vroeg zich af of de hoofdstraat alleen maar uit winkelketens zou bestaan, maar ze was aangenaam verrast door een paar onafhankelijke kledingzaken, waarvan er één unieke creaties van een paar lokale ontwerpers verkocht.

Ze had niet verwacht dat Declan zou blijven, maar tot haar verbazing nam hij plaats op een stoel naast de paskamer en sloeg de krant open, terwijl hij haar over de rand ervan grijnzend aankeek.

'Ik wacht gewoon op de modeshow.'

'Alleen daarom al laat ik je helemaal niets zien!' Brianna lachte echter toen hij haar met puppy-ogen aankeek. 'Nou ja. Niets sexy's in ieder geval,' herzag ze haar besluit.

'Je mag niets sexy's dragen naar de races. Een of andere gladde vent uit de stad zou maar één blik op je werpen en je van me wegkapen.'

Was dat een vleugje kwetsbaarheid in zijn ogen? Brianna pauzeerde even bij het doorzoeken van de rekken, liep naar hem toe en boog zich voorover om hem te kussen.

'Onmogelijk,' fluisterde ze. 'Gladde stadse types zijn nooit mijn type geweest. Als ik er zo een had gewild, had ik er in Melbourne wel duizend kunnen ontmoeten. Ik wachtte op een sexy Ierse paardenfluisteraar die me van mijn voeten zou vegen.'

Declans wangen kleurden een beetje rood, maar hij legde zijn krant neer en stond op, waarbij hij haar middel vastpakte om haar dicht tegen zich aan te trekken. 'Zeg dat soort dingen en ik neem je direct mee terug naar het huisje,' zei hij schor. 'Om het hele weekend in bed door te brengen.'

'Verleidelijk.' Ze kuste hem nogmaals voordat ze zich uit zijn lossere greep draaide. 'Maar je hebt me een weekend bij de races beloofd, en dat is wat ik wil. Wat vind je van deze?'

'Hm?' Declan staarde haar nog steeds aan, dus liep ze door de winkel naar de groene jurk die ze net had gespot en haalde de hanger eraf om hem te bekijken.

'Deze. Wat vind je?'

'Die kleur zou je geweldig staan.' Hij haalde zijn schouders op toen ze de jurk voor zich hield en haar wenkbrauwen vragend optrok. 'Ik weet niets van mode, Brianna. Ik heb één goed pak dat ik naar de races draag, en dat alleen omdat Alec me dwong het te kopen.'

'Ha, voor mannen is het makkelijk. Niemand geeft erom als je elke dag hetzelfde pak draagt.' Ze nam de jurk mee de paskamer in en haar stem zweefde naar hem buiten. 'Wist je dat er in Australië een presentator van een ontbijtshow was die een heel jaar lang in elke uitzending hetzelfde pak met dezelfde stropdas en een identiek wit overhemd droeg, en niemand die het merkte? Het was een experiment, omdat hij zo geschokt was door de opmerkingen aan het adres van zijn vrouwelijke collega's als zij het waagden om twee keer in dezelfde outfit gezien te worden.'

'Dat geloof ik meteen,' zei Declan. 'Ik heb vrouwen in de eigenarenboxen wel vaker venijnige opmerkingen horen maken als ze een andere vrouw in een outfit zagen die ze al eens eerder had gedragen.' Hij slaakte een zachte fluittoon toen Brianna het gordijn opzij schoof. 'Jezus, je ziet er prachtig uit. Geloof me, ik zal er geen enkel bezwaar tegen hebben als je dat zo vaak wilt dragen als je maar wilt.' Hij leunde achterover om haar in zich op te nemen; het bosgroene chiffon sloot op strategische plaatsen nauw aan en de wijde rok zwierde tot net onder haar knieën.

'Ik heb er ook schoenen bij nodig.'

'Wat je maar wilt,' stemde hij in, een beetje beduusd.

'En minstens nog twee jurken.'

'Zeker.'

'En een sportwagen.'

'Natuurlijk... wacht eens even.'

Brianna barstte in lachen uit toen hij haar met samengeknepen ogen aankeek. 'Ik keek gewoon waar ik je allemaal mee kon laten instemmen!' riep ze vrolijk, terwijl ze de paskamer weer in schoot toen hij een speelse uitval naar haar deed.

'Deugniet!' riep hij haar lachend na. De waarheid was dat ze best haar eigen sportwagen kon kopen als ze die wilde; het landgoed kon het zich zeker veroorloven. Brianna was niet gewend aan geld, dacht hij, tenminste niet in grote hoeveelheden. Hij wist dat haar vader een succesvol man was, maar ze was opgegroeid in de middenklasse met haar beide benen stevig op de grond, in het geheel niet verwend.

Hij was stapelgek op haar, dacht Declan, terwijl hij weer in zijn stoel ging zitten zonder de krant opnieuw op te pakken. Brianna Lane was alles wat hij ooit had gewild, en hij zou verdomme vijf sportwagens voor haar kopen als dat ervoor zorgde dat ze bij hem bleef in plaats van op het vliegtuig terug naar Australië te stappen.

Hoofdstuk Zeventien

DECLAN LEEK ABSOLUUT IEDEREEN in de paardenwereld te kennen, dacht Brianna, en hij leek vastbesloten om haar aan hen allemaal voor te stellen. Ze wist vrijwel zeker dat de meesten van hen ervan uitgingen dat ze gewoon zijn date was, totdat hij haar introduceerde als 'de nicht en erfgenaam van Alastair, en mijn zakenpartner', waarna ze over elkaar heen vielen om aardig te doen. Tja. Sommigen dan. Een paar van de jongere vrouwen wierpen haar, en de manier waarop Declan zijn arm om haar heen hield, onderzoekende blikken toe en gaven haar vervolgens een nogal kille ontvangst.

Het zou lang duren voordat ze alle namen onder de knie zou hebben, besefte ze, maar voorlopig gaf Declan haar zachtjes commentaar onder zijn adem. Dit stel bezat vijf actieve renpaarden en drie merries die inmiddels waren ingezet voor de fokkerij; die oudere man, gekleed in een versleten pak dat ouder was dan Brianna, was een van de rijkste mannen van Ierland, die overal een vinger in de pap had.

'En zij?' vroeg Brianna heel zachtjes terwijl een prachtige blondine in een jurk van Dolce & Gabbana en Jimmy Choo-sandalen met bandjes op hen afkwam, voorafgegaan door een overweldigende walm van weeïg parfum.

'Trophy wife,' mompelde Declan als antwoord, waardoor Brianna een lach moest onderdrukken voordat hij naar voren stapte, één en al glimlach. 'Mevrouw Lamminer, wat heerlijk om je te zien!'

'Het is Sonya, lieverd, dat heb ik je al een dozijn keer verteld.' Ze kuste hem op beide wangen en bleef dicht bij zijn lippen hangen, terwijl haar staalblauwe ogen Brianna tegelijkertijd aan een nauwkeurig onderzoek onderwierpen.

'Hoe is het met Fergus?' Declan vermeed het behendig om Sonya bij haar voornaam te noemen, zag Brianna, die een grijns verborg door een slokje van haar champagne te nemen.

'Niet zo goed.' Sonya tuitte haar roze geverfde lippen in een pruilmondje. 'Hij stond er echter op dat ik vandaag zou komen. Hij wilde een persoonlijk verslag van de race van Rainmaker. Ik zou het fijn vinden als je eens naar hem kwam kijken, om te horen wat je ervan vindt... dit is natuurlijk zijn laatste jaar op de baan, en Fergus zou hem nergens anders willen stallen dan bij jou.'

'Natuurlijk,' zei Declan minzaam. 'Hij loopt in de derde race, toch? We komen wel even naar de paddock. Sonya, je heeft Brianna nog niet ontmoet, wel? Brianna Lane, mijn mede-eigenaar.'

Sonya's blauwe ogen schoten terug naar Declan en werden groot. 'Mede-eigenaar?'

'In Leary Estates. Brianna is de achternicht van Alec Leary; hij heeft haar benoemd tot mede-erfgenaam. Ze is het vak aan het leren.'

Brianna glimlachte en stak haar hand uit; Sonya raakte die nauwelijks aan met haar vingertoppen voordat ze hem weer terugtrok met samengeknepen lippen.

'Ik dacht dat alles van jou was, Declan.'

'Dat zou niet eerlijk zijn geweest tegenover Alecs bloedverwanten, toch? Brianna's grootmoeder was de zus van Alec en ze waren erg hecht; ze zijn allebei opgegroeid op Galamor voordat zij trouwde en ze naar Australië emigreerden.'

'Australië!' Aan de uitdrukking op Sonya's gezicht te zien had het net zo goed Jupiter kunnen zijn. 'Ben je Australisch?'

Brianna kwam in de verleiding om haar accent aan te dikken, maar ze wist zich te beheersen en sprak op neutrale toon. 'Dat klopt, maar ik ben nog nooit ergens geweest dat zo mooi is als Galamor. Ik kan me niet voorstellen hoe mijn grootmoeder het kon verdragen om weg te gaan.'

'Hmph.' Sonya keek op haar neer. 'Weet je iets van paarden?'

'Veel meer dan een paar weken geleden.' Brianna hield haar toon luchtig, hoewel de toon van de andere vrouw haar begon te irriteren. 'Ik kijk ernaar uit om de races vandaag te zien. Je hebt een hengst in de derde race? Is hij de favoriet?'

Sonya leek een beetje te ontdooien toen Brianna de moeite nam om open en vriendelijk te zijn, hoewel de bezitterige manier waarop ze aan Declans arm hing op Brianna's zenuwen werkte. Declan wierp haar steeds verontschuldigende blikken toe, maar ze glimlachte geruststellend naar hem, begrijpend dat hij Sonya niet zomaar kon afwimpelen. De realiteit was soms waardeloos, maar het feit was dat de vrouw en haar man klanten waren, en nog wel rijke ook. Een rijk echtpaar tegen de haren in strijken alleen omdat de vrouw graag met Declan flirtte, was geen goede zaak, en Brianna was volwassen genoeg om dat te accepteren.

Natuurlijk was ze er ook niet bepaald blij mee. Of met de manier waarop Sonya bleef hinten dat ze helemaal alleen in haar hotel zat en dat Declan haar maar moest vergezellen bij het diner.

'Ik ben bang dat we vanavond al plannen hebben,' zei Brianna vrolijk, terwijl ze haar opzettelijk verkeerd begreep, 'maar bedankt voor de uitnodiging!'

Declans lippen vertrokken en ze wist dat hij vocht tegen een lach. Hij had een ondeugend gevoel voor humor, had ze ontdekt; ze vonden dezelfde dingen grappig.

Sonya tuitte haar geverfde lippen opnieuw en keerde Brianna ostentatief de rug toe, terwijl ze Declan meetrok naar het balkon dat uitkeek over de baan en hem vroeg naar zijn mening over de paarden die de paddock in kwamen voor de eerste race.

Brianna lachte stilletjes in zichzelf, pakte twee glazen champagne van een dienblad dat door een passerende ober werd aangeboden en volgde hen naar het balkon, waar ze Declan een glas in zijn hand drukte. Hij wierp haar een dankbare blik toe en nam een slok.

Brianna wist vrijwel zeker dat Sonya Declans aandacht het liefst de hele middag voor zichzelf had opgeëist, maar ze werden al snel vergezeld door anderen die naar buiten kwamen om de eerste race te bekijken, en Declan maakte van de gelegenheid gebruik om zich uit Sonya's klauwen te bevrijden.

'Hé.' Zijn warme adem kriebelde aan Brianna's oor, en ze liet de verrekijker zakken waarmee ze de paarden had bestudeerd en draaide zich glimlachend naar hem toe.

'Hé, jij ook.'

'Sorry voor haar.'

'Je hoeft je niet te verontschuldigen.' Brianna wierp hem een blik van medeleven toe. 'Ze is erg mooi, maar je had het niet duidelijker kunnen maken dat je er niet van gediend was dat ze zo aan je hing.'

'Ik respecteer haar man te veel, zelfs als jij hier niet bij me was. Huwelijksgeloften zijn er om geëerd te worden, naar mijn mening.' Hij sloeg een arm om haar middel en keek omlaag naar de startlijn. 'Heb je een gokje gewaagd?'

'Vijf euro op nummer elf.'

Declan haalde zijn raceprogramma uit zijn zak en fronste zijn wenkbrauwen. 'Elf... Fast Lane? Nooit van gehoord.'

'Lane. Zoals in mijn achternaam?'

Hij lachte haar uit. 'Zet je in op paarden op basis van hun naam?'

'Van alles wat ik weet over gokken op de renbaan, is het een even goede methode als elke andere.' Ze wierp hem een spottende blik toe.

'Spreek wat zachter,' plaagde hij, 'met dat soort opmerkingen ontketen je hier nog een rel.'

'Wat zou jij dan kiezen, met al je superieure kennis?' Brianna kruiste haar armen.

Declan bestudeerde het programma. 'Nummer vijf. Economystery.'

'Stomme naam. Ik wed dat de mijne die van jou verslaat.'

'Ja? Een onderlinge weddenschap?' Hij propte het programma terug in zijn zak, sloeg een arm om haar middel en trok haar dicht tegen zich aan, haar borsten tegen zijn borstkas, terwijl zijn ogen vurig op haar neerkeken. 'Wat geef je me als ik win?'

'Niets wat je anders niet zou krijgen,' zei Brianna brutaal, wat hem aan het lachen maakte voordat hij haar kuste.

Het startpistool ging af terwijl ze kusten, en Brianna schrok. Declan lachte schor tegen haar lippen, beëindigde de kus maar hield haar stevig vast.

Iedereen op het balkon moet wel gedacht hebben dat ze gek waren, dacht Brianna na de race, nadat ze nummer elf naar de zesde plaats had gejuicht en Declan een kreun van afschuw slaakte toen zijn keuze als allerlaatste over de finish kwam.

Sonya voegde zich weer bij hen, schonk Brianna een neerbuigende glimlach en legde haar hand weer op Declans arm. 'Ga je mee naar de paddock, lieverd? Tegen de tijd dat we door dit gedrang heen zijn, zal Rainmaker al buiten zijn.'

'Natuurlijk.' Declan zette zijn lege glas neer en bood Brianna zijn vrije arm aan. 'Bri zal het fascinerend vinden om de paddocks te zien, en ik wil sowieso Sean Murray nog even spreken voor de race.'

'Sean Murray? De jockey?' Sonya's te veel geëpileerde wenkbrauwen trokken samen. 'Waarom?'

'Omdat hij voor ons op Ruala Rochelle rijdt.'

Sonya's geverfde mond viel open en ze trok zich terug van Declan. 'Ben jij de eigenaar van Ruala Rochelle?'

'Nou ja, de nalatenschap is dat. Het staat in het programma, is het je niet opgevallen?' Declan gaf haar een honingzoete glimlach en Brianna moest op haar lippen bijten om niet in lachen uit te barsten. Declan had haar tijdens de rit naar Galway alles verteld over Ruala Rochelle, een vijfjarige merrie die geboren was uit een van Alecs favorieten en door Alec en Declan samen ter wereld was gebracht. Al vanaf haar eerste jaar had het merrieveulen flitsen van iets bijzonders laten zien, en ze had in ruim een jaar geen race verloren. Als topfavoriet in de belangrijkste race van de middag was zij het paard om te verslaan.

Sonya keek uiterst ontevreden, maar ze kon haar uitnodiging nu moeilijk intrekken, en aangezien Declan en Brianna overduidelijk toch al van plan waren naar de paddock te gaan, bedacht ze blijkbaar dat ze net zo goed met hen mee kon gaan in plaats van alleen.

Rainmaker was prachtig, moest Brianna toegeven; een magnifieke zwarte hengst met een kromme witte bliksemflits in het midden van zijn gezicht. Hij maakte het zijn begeleider in de paddock knap lastig: hij bokte en steigerde, brieste een uitdaging naar een andere hengst en danste telkens wanneer ze in de buurt van een merrie kwamen. Declan zuchtte geluidloos en Brianna was het met hem eens; het paard mocht dan mooi zijn, hij zou een blok aan het been zijn op de stoeterij.

Ruala Rochelle leek totaal niet onder de indruk van de capriolen van Rainmaker en liep rustig rond aan een losse teugel, terwijl haar begeleider haar schouder streelde en zachte woordjes in haar oor murmelde. Brianna was verrast door hoe klein de merrie leek. Als het kortste paard in de paddock met een behoorlijk verschil, zag ze er niet uit als een kampioen.

'Dat zou je nog verbazen,' zei Declan met een grijns toen ze de observatie met een verlegen uitdrukking tegen hem mompelde. 'Kijk eens naar haar vanaf de achterkant. Ze staat bekend om haar enorme achterwerk; dat zorgt voor een explosieve snelheid in de eindsprint die andere paarden niet kunnen evenaren. Let maar op.'

Hoofdstuk Achttien

D ECLAN HAD VOLKOMEN GELIJK gehad wat betreft Ruala Rochelle; nadat ze bijna de hele race van twee mijl achteraan het veld had gelopen, gaf haar jockey de kleine merrie met nog een kwart mijl te gaan de vrije teugel, waarna ze een explosieve snelheid toonde die je met eigen ogen gezien moest hebben om het te kunnen geloven. Rainmaker keek ronduit verontwaardigd terwijl hij de beroemde grote achterkant van Ruala Rochelle achternaging over de finishlijn.

Brianna begreep eindelijk waarom Declan er zo op had aangedrongen dat ze een mooie outfit nodig had, toen hij haar naar de winnaarscirkel begeleidde en erop stond dat zij de grote zilveren schaal in ontvangst nam. Camera's flitsten, waardoor ze met haar ogen knipperde, al deed ze haar best om haar glimlach vast te houden terwijl ze over de bezwete nek van Ruala Rochelle aaide, en na afloop kwamen er een paar verslaggevers naar hen toe die Declan vroegen haar voor te stellen.

'En zult je in Ierland blijven, Miss Lane?' vroeg een van hen, terwijl hij zijn telefoon als een microfoon naar haar toe hield, duidelijk bezig haar woorden op te nemen.

'Om eerlijk te zijn kan ik geen enkele reden bedenken om terug te gaan naar Australië,' zei ze lachend, en ze voelde Declans arm zich steviger om haar middel sluiten. Ze draaide haar hoofd om naar hem te glimlachen en zag de gloed van emotie in zijn ogen.

Hij kon haar niet snel genoeg bij de verslaggevers vandaan krijgen en naar een rustig plekje brengen. Ze kwamen ergens onder de tribune terecht terwijl het publiek de lopers in de volgende race aanmoedigde.

'Zeg dat je het meende. Zeg dat je blijft,' eiste hij, waarbij zijn Ierse accent zo dik werd van emotie dat ze hem nauwelijks kon verstaan.

'Ik blijf.'

Toen kuste hij haar, vurig en gepassioneerd, en kuste al haar lippenstift weg terwijl hij haar mond verslond. Niet dat het Brianna wat kon schelen. Het kon haar ook niet schelen toen hij haar hand pakte en haar meenam naar de plek waar ze de auto hadden geparkeerd, om hen rechtstreeks terug te rijden naar hun vakantiehuisje om de rest van de dag in bed door te brengen. Hun andere paard hoefde immers pas de volgende dag te lopen.

Toen ze twee dagen later terugkwamen op Galamor, strompelden ze lachend het huis binnen, hun handen overal op elkaars lichaam. Brianna plaagde Declan dat hij vast direct naar de paddocks zou rennen om de paarden te controleren; hij kneep haar in haar billen.

'Dacht het niet, jongedame. De trap op jij... oh.'

Er stonden twee mensen halverwege de trap, hun monden wagenwijd open toen Brianna giechelend naar voren rende. Haar voet raakte de onderste trede en toen zag zij hen ook.

'Mam? Pap!'

Achter haar zei Declan verschillende dingen in het Gaelic waarvan ze vrij zeker wist dat het vloeken waren, voordat hij naast haar kwam staan.

'Meneer en mevrouw Lane, wat een aangename verrassing. Ik ben Declan O'Siorain. Welkom op Galamor.'

'Wat doen jullie hier?' Brianna staarde hen met open mond aan terwijl haar ouders naar de voet van de trap liepen om haar te omhelzen. 'Wanneer zijn jullie aangekomen?'

'Vanochtend.' Haar vader keek Declan met samengeknepen ogen aan terwijl hij haar tweede vraag als eerste beantwoordde. 'En je moeder heeft er bij mij op aangedrongen om hierheen te vliegen zodra de bedrijfswaardering terugkwam op bijna vier keer het bod van meneer O'Siorain. Ze dacht dat je mijn advies en juridische expertise wel kon gebruiken om de verkoop af te handelen.'

Declan hapte naar adem en Brianna schudde snel haar hoofd naar hem voordat ze zich weer tot haar ouders richtte. 'Kom mee naar de woonkamer, dan zet ik koffie,' stelde ze voor. 'Jullie moeten wel uitgeput zijn; ik had weken nodig om over de jetlag heen te komen nadat ik hier aankwam!'

'Ik ga even naar de paddocks om te horen wat er allemaal is gebeurd,' zei Declan haastig.

Goed plan, dacht Brianna. Hem tijdelijk uit het zicht hebben was waarschijnlijk een goed plan, zeker gezien de vernietigende blik die haar vader nog steeds zijn kant op wierp.

'Ik hoop dat het goed is,' zei Molly bezorgd toen Brianna de keuken in rende, 'maar je ouders stonden midden in het ontbijt op de stoep. Ik wist niet goed wat ik moest doen, en ik wist dat jullie vanochtend terug zouden zijn...'

'Het is goed, Molly.' Brianna gaf de huishoudster een knuffel en een kus. 'Mag ik je vragen om een pot koffie in de woonkamer te brengen?'

'Natuurlijk, ik breng het zo. Hebben jullie genoten van de races?'

'We hebben een prachtig weekend gehad,' zei Brianna opgewekt, waarbij ze gemakshalve wegliet dat ze nauwelijks tijd op de renbaan hadden doorgebracht en er in plaats daarvan voor hadden gekozen het grootste deel van het weekend in bed door te brengen. Gelukkig nam Molly haar woorden voor lief en knikte terwijl Brianna haastig vertrok.

Brianna hield stil buiten de woonkamer en haalde diep adem. Hoewel ze haar ouders minstens één keer per week had gesproken, was ze bewust vaag gebleven over haar plannen en had ze alleen verteld dat ze het leuk vond om meer te leren over het bedrijf en over de man die haar oudoom was geweest. Ze had vermeden om over Declan te praten, in de veronderstelling dat ze hen langzaam zou kunnen uitleggen dat ze verliefd op hem was geworden.

'Brianna, ik weet dat je voor de deur staat,' zei haar vaders stem droog, en ze kromp ineen. 'Ik hoorde je voetstappen. Kom binnen en vertel ons wat er aan de hand is, want het is duidelijk dat je niet bepaald openhartig tegen ons bent geweest.'

Betrapt trok ze een gezicht en duwde de deur langzaam open. Haar moeder zat op de bank bij het raam, haar vader stond naar buiten te kijken over het meer. Hij draaide zich naar haar om toen ze binnenkwam en schudde zijn hoofd.

'We hebben je niet opgevoed om tegen ons te liegen, Bri.' Sally Lane was degene die sprak, haar stem klonk verwijtend.

Brianna's humeur vlamde op, maar ze haalde nog een keer diep adem en hield het onder controle. 'Ik heb niet tegen jullie gelogen. Ik ben misschien niet helemaal openhartig geweest, maar dat was omdat ik zelf niet zeker wist wat ik voelde en welke beslissingen ik ging nemen.'

'Welke beslissing valt er te nemen?' Sally gooide haar handen in de lucht. 'O'Siorain heeft je een veel te laag bod gedaan, en zodra de waardering binnenkwam heeft hij je natuurlijk gedwongen met hem naar bed te gaan, zodat je het zult accepteren en hem je erfenis gunt voor een fractie van wat het waard is!'

'Voor de goede orde: ik ging al met hem naar bed voordat de volledige waardering binnen was,' beet Brianna van zich af, en ze zag haar moeder lijkbleek worden.

'Brianna!' hijgde Sally, met haar hand op haar hart.

'O, kom op. We leven in de eenentwintigste eeuw. Doe niet zo preuts.'

'Brianna, spreek alsjeblieft niet zo tegen je moeder,' zei haar vader op milde toon, maar hij verhief dan ook zelden zijn stem.

'Wat wil je precies dat ik zeg, pap? Het is overduidelijk dat jullie hierheen zijn gekomen omdat jullie mijn oordeel niet vertrouwen.' Brianna was mateloos geërgerd, sloeg haar armen over elkaar en keek hem strak aan.

'Nou, dat was blijkbaar terecht!' viel Sally uit. 'Aangezien je met Declan naar bed gaat...'

'Denk je nu serieus dat ik, alleen daarom, alles gedwee aan hem zal overhandigen? Beledig me niet!' Brianna kookte van woede. 'Ik ben hier op Galamor gelukkiger dan ik ooit ben geweest. Het voelt alsof ik ben thuisgekomen, en ik ben volledig van plan om te blijven, of Declan en ik nu uiteindelijk bij elkaar blijven of niet.'

Sally keek aangeslagen, maar Andrew bekeek Brianna zwijgend en knikte.

'Je ziet er goed uit,' zei hij onverwacht. 'Je hebt kleur op je wangen en je ogen stralen. Vind je niet, Sally?'

'Ik denk het wel,' zei Sally aarzelend. 'De frisse lucht zal je wel goed doen. Het is hier in ieder geval prachtig.' Ze keek naar buiten over het meer.

'Dat is het echt,' zei Brianna enthousiast, voelend dat haar ouders bijdraaiden. 'Kom mee wandelen, dan leid ik jullie rond.'

Ze verwachtte half dat ze zouden weigeren, maar ze stemden allebei toe, en vijf minuten later leidde ze hen trots rond over het hoofdterrein.

'Indrukwekkend,' mompelde Andrew, terwijl zijn scherpe blik het enorme complex in zich opnam, waar de stalknechten ijverig de stallen aan het uitmesten waren terwijl hun bewoners in de weiden stonden.

Ze vonden Declan bij Ted de dierenarts, terwijl ze een merrie onderzochten die haar voorhoef niet op de grond wilde zetten.

'Abces?' vroeg Brianna, terwijl ze over de staldeur leunde.

'Dat denk ik wel,' zei Ted somber. 'Ze loopt al een paar dagen kreupel, maar ik hoopte dat het alleen een kneuzing van de hoef was. Ik moet een röntgenfoto maken om het zeker te weten, maar ik vrees dat ik het zal moeten draineren en verbinden. Oh, hallo,' zei hij toen hij Brianna's ouders zag. 'Ik wist niet dat we bezoek verwachtten?' Ted keek vragend naar Declan.

'Mijn ouders,' zei Brianna.

Teds gezichtsuitdrukking was goud waard terwijl Brianna hen voorstelde. Hij zag ervan af om handen te schudden, verwijzend naar mogelijke kruisbesmetting, maar zei hoe blij hij was hen te ontmoeten.

'Het is geweldig om Brianna hier te hebben,' verklaarde hij. 'Ze heeft de website al helemaal vanaf de basis vernieuwd, je zou de prachtige nieuwe foto's moeten zien die ze heeft gemaakt en geplaatst. De aanvragen zijn enorm gestegen, nietwaar, Declan?'

'Dat zijn ze zeker,' beaamde Declan. 'We verhogen zelfs per direct de dekgelden voor drie van onze hengsten op basis van de enorme toename in aanvragen.' Terwijl hij op de staldeur leunde, toverde hij zijn mooiste glimlach tevoorschijn, en Brianna zag op dat moment haar moeder daadwerkelijk smelten.

Brianna verborg een glimlach achter haar hand toen ze terug naar het huis liepen en Sally zei: 'Declan is erg charmant, lieverd.'

'Eigenlijk weet ik niet of charmant het juiste woord is,' zei Brianna bedachtzaam. 'Dat suggereert een zekere mate van berekendheid, en dat is Declan totaal niet. Hij is een oprecht eerlijke, attente, aardige man.'

'Ik begrijp het.' Sally keek haar zijdelings aan. 'Je bent dus verliefd op hem?'

'Dat ben ik.' Hoewel ze het nog niet hardop tegen Declan had gezegd, bestond er voor Brianna al geruime tijd geen twijfel meer over. 'Hij is geweldig, mam. Als je hem leert kennen, zul je het begrijpen. Hij heeft absoluut niet de intentie om me te bedriegen... toen we beseften hoe hoog de waardering was, was hij totaal ontdaan en probeerde hij een manier te vinden om mij mijn rechtmatige deel te geven zonder dat er ook maar iets van het landgoed verkocht hoefde te worden. Deze plek is alles voor hem, en het begint snel alles voor mij te worden.'

'Je ziet jezelf dus niet meer naar huis komen?' vroeg haar vader een beetje bedroefd.

'Waarnaartoe, pap? Om weer de hele dag achter een bureau te gaan zitten, terwijl ik weet dat ik dit kan hebben – dat ik hier recht op heb?' Brianna draaide zich om en maakte een weids gebaar naar alles wat ze zagen. 'Ik heb oudoom Alec nooit gekend, maar iedereen hier wel, en ze vertellen me allemaal hetzelfde. Dat hij meer van deze plek hield dan van het leven zelf.'

'En hij heeft jou de helft nagelaten,' zei haar vader met een langzame knik.

'Laten we eerlijk zijn, hij had alles aan Declan kunnen nalaten, die als een zoon voor hem was, en we zouden het nooit geweten hebben.' Brianna keek uit over het meer en snoof de frisse landlucht op, de geuren die haar zo vertrouwd waren geworden. 'Toch nam hij de tijd om mij te vinden, een onderzoek naar mij in te stellen en mij de helft van dit alles na te laten. Het verkopen zou een belediging voor zijn nagedachtenis zijn.'

'Ik wou dat ik hem had gekend,' zei Sally weemoedig.

'Ik ook. Ik heb veel over hem geleerd, van Declan, Ted, Molly en alle anderen hier die hem al jaren kenden, en ook over grootmoeder Sinead. Er hangt boven trouwens een prachtig portret van haar als jong meisje. Zou je het willen zien?'

Sally accepteerde het aanbod met genoegen, en Brianna glimlachte in zichzelf terwijl ze arm in arm met haar moeder de trap opliep. Het zou wat tijd kosten, en waarschijnlijk nog veel meer blootstelling aan de goedheid van Declan, maar ze zouden haar keuze gaan begrijpen, daar was ze zeker van.

Hoofdstuk Negentien

TEGEN ETENSTIJD WAREN ZOWEL Sally als Andrew aanzienlijk ontdooid, toen ze met Brianna en Declan in de formele eetkamer aan tafel gingen voor een van Molly's verrukkelijke diners. Brianna had nog getwijfeld of ze niet in de keuken met het inwonend personeel zou eten, maar Molly wilde daar niets van horen.

'We zetten ons beste beentje voor voor je ouders en geen vergissing mogelijk,' zei ze streng tegen Brianna.

'Ja, Molly,' zei Brianna lachend. 'Zal ik beginnen met het poetsen van het mooiste zilveren bestek?'

'Dat wordt uitstekend gepoetst gehouden, dank je wel.' Molly zette haar handen in haar zij en schudde haar hoofd. 'Hup, ga nu maar.'

Haar ouders hielden een middagdutje om over de ergste jetlag heen te komen. Brianna vroeg zich af of ze naar kantoor zou gaan, maar besloot het toch niet te doen. Ze wilde niet terugkomen en haar vader en Declan in een soort patstelling aantreffen. In plaats daarvan ging ze naar Declans kamer om uit te pakken – ze had nog nooit in de kamer geslapen die zogenaamd 'de hare' was.

'Hé, schoonheid.' Door Declans lijzige stem schrok ze op en draaide ze zich om, terwijl ze haar hand op haar hart legde. Hij leunde tegen de deurpost en grinnikte naar haar. 'Weet je zeker dat je hier mag zijn?'

'Oh, sst.' Ze haastte zich naar hem toe, pakte zijn arm en trok hem de kamer in, terwijl ze de deur zo zachtjes mogelijk sloot. 'Niet zo hard!'

'Mag ik er even op wijzen dat dit ons huis is?' Declan lachte haar duidelijk uit. Hij trok haar dicht tegen zich aan en snuffelde in haar hals. 'Je bent schattig als je zo bescheiden doet,' mompelde hij.

Met een zucht smolt Brianna weg in zijn omhelzing. 'Het spijt me. Het is lastig. Ik weet dat ze van me houden en het echt goed met me voorhebben, maar...'

'Maar ineens voelt het alsof je weer veertien bent?' raadde Declan, en ze lachte zelfbewust.

'Ik ben bang van wel. Dat ze hier onaangekondigd naartoe komen, laat eigenlijk wel zien hoe weinig vertrouwen ze hebben in mijn oordeelsvermogen, nietwaar?'

'Ik denk dat het laat zien hoeveel ze om je geven, a chuisle.' Hij streelde haar haar en hield haar tegen zich aan. 'Klaag er niet over dat je ouders hebt die van je houden, Bri. Ik zou er veel voor over hebben om mijn moeder hier weer te hebben, of Alec.'

'Oh!' Geschrokken keek ze naar hem op. 'Daar had ik niet bij stilgestaan. Het spijt me.'

'Het is goed.' Voorzichtig streek hij met zijn mond over de hare. 'We houden hen te vriend tot ze het begrijpen, a chuisle.'

'Dat zei je net ook... acushla. Wat betekent het?'

'Mijn hartslag.' Hij pakte haar hand en bracht die naar zijn borst, boven zijn hart. 'Het slaat voor jou, Brianna. Dat doet het al sinds de dag dat je hier binnenliep en me hielp met het afveulenen van de Lass, terwijl je wist dat ik in een stemming was om je te wurgen.'

'Oh, Declan.' Terwijl ze in zijn ogen keek, wist ze dat het moment daar was om de woorden uit te spreken. 'Ik hou van je.'

'Ik hou ook van jou, a chuisle, maar dat wist je toch al?'

'Ik hoopte het.' Met grote ogen keek ze toe hoe Declan een stap achteruit deed en op één knie zakte.

'Denk niet dat de aanwezigheid van je ouders me heeft gedwongen,' zei hij, terwijl hij een hand in zijn zak stak, 'want ik heb dit in Galway gekocht terwijl jij schoenen aan het shoppen was, en ik was sowieso al van plan het je deze week te vragen. Wil je met me trouwen, Brianna Lane?'

De ring die hij omhoog hield, was perfect in zijn ingetogen eenvoud; een volledige cirkel van diamanten die diep in een gouden zetting lagen, zonder uitstekende stenen die ergens achter konden blijven haken. Het was perfect voor iemand die elke dag met paarden werkte.

'Oh.' Brianna's keel zat zo dicht dat ze geen woord kon uitbrengen, terwijl haar ogen overstroomden van gelukkige tranen. Hevig knikkend stak ze haar hand uit en Declan schoof de ring om haar vinger, terwijl zijn eigen grijns zijn gezicht zowat in tweeën spleet.

'Het enige probleem,' zei Brianna een flink aantal minuten en heel veel kussen later, 'is dat mijn ouders willen dat we in Melbourne trouwen.'

'Nou, wat dat betreft,' zei Declan, 'heb ik daar al wel wat over nagedacht. Ruala Rochelle is ingeschreven voor de Melbourne Cup, zie je, en ik dacht dat we erheen konden vliegen om te kijken en daar te trouwen zodat je ouders erbij kunnen zijn... en dan kunnen we naar huis komen en het hier nog eens dunnetjes overdoen. Alle mensen van het landgoed zullen willen komen, en we kunnen er een groot feest van maken en alle paardenmensen uitnodigen die ik ken.'

'Dat wordt dan misschien wel de grootste bruiloft die Ierland ooit heeft gezien,' plaagde Brianna met een gelukkige lach, maar de waarheid was dat het haar geen zier kon schelen waar ze trouwden of wie erbij was. Het enige wat telde, was dat Declan de bruidegom was.

'Je zult de mooiste bruid zijn die Ierland ooit heeft gezien,' zei Declan met een dikke stem, die dieper werd tot een schorre rasp terwijl hij haar hand optilde en de ring aan haar vinger kuste.

Met een liefdevolle glimlach reikte Brianna omhoog om haar armen om zijn nek te slaan. 'Ik durf te wedden dat pa en ma nog wel een uurtje slapen,' zei ze koket, 'en we moeten onze verloving eigenlijk echt vieren.'

Hij had geen verdere uitnodiging nodig, droeg haar naar het bed en ontdeed hen beiden in een mum van tijd van hun kleren. Hij overlaadde Brianna's naakte lichaam met kussen tot ze kreunde en hem smeekte op te schieten.

'Geen haast, a chuisle,' zei hij schor, terwijl hij zich boven haar positioneerde. 'We hebben immers de rest van ons leven.'

Brianna snikte van genot toen Declan langzaam in haar gleed, terwijl hij zijn hoofd boog om een volle, roze tepel tussen zijn lippen te nemen en eraan te zuigen. Zijn heupen wiegden zachtjes, wat een ondraaglijke spanning in haar veroorzaakte tot ze uit frustratie haar hielen in zijn achterste zette.

'Meer!' riep ze, waarbij ze volkomen vergat dat ze niet alleen in huis waren, tot Declan grinnikte van het lachen en haar snel kuste om haar stil te krijgen. Het moment ging bijna verloren toen ze allebei de slappe lach kregen.

'Denk je dat ze het gehoord hebben?' fluisterde Brianna buiten adem.

'Ik betwijfel het. Galamor heeft dikke muren,' bracht Declan uit tussen het lachen door. 'Maar zelfs al hebben ze het gehoord... het is ons huis, weet je nog?' Hij gleed uit haar en trok aan haar heup, haar aanmoedigend om op haar buik te rollen. 'Hier. Begraaf je gezicht in het kussen. Dan kun je zoveel schreeuwen als je wilt.'

Ze wist dat ze heel wat zou willen schreeuwen als hij haar van achteren nam, want dat voelde altijd zo verdomd goed. Ze klemde het kussen tussen haar handen en beet erop terwijl hij weer in haar gleed, waarbij ze haar extatische kreun onderdrukte.

'Nu moet ik me alleen nog zorgen maken over mijn eigen geluiden,' zei Declan schor, terwijl zijn sterke handen op haar heupen rustten, 'want Jezus, Bri...'

Ze duwde haar achterwerk uitdagend tegen hem aan en hij uitte verschillende Gaelische vloeken voordat hij haar gaf wat ze wilde. Zijn heupen schoten heen en weer om zijn penis ruw in en uit haar kletsnatte kanaal te stoten.

Zelfs gedempt door een kussen was Brianna er zeker van dat haar kreten van genot behoorlijk luid waren, vooral in combinatie met het gekreun van Declan. Ze hoopte maar dat de muren van Galamor zo geluiddicht waren als Declan dacht.

Sally leek bij het diner aanzienlijk ontdooid, vooral nadat ze Molly's heerlijke gebakken forel had geproefd. En hoewel Andrew wat gereserveerder was, zag Brianna zijn stille glimlachjes en wist ze dat hij de situatie accepteerde. Hij maakte zich gewoon zorgen over haar financiële zekerheid in de toekomst, en dat kon ze hem niet kwalijk nemen, zeker gezien zijn beroep.

'Hoewel ik je misschien even apart moet nemen om met je te praten, Andrew,' zei Declan tegen het einde van de maaltijd, 'ben ik er geen voorstander van om vrouwen buiten beslissingen te houden, laat staan belangrijke beslissingen. Ik heb het Brianna al gevraagd en ze heeft ja gezegd, dus het enige wat me nog rest is je en Sally te vragen of je ons jouw zegen wilt geven.'

'Waarvoor?' zei Andrew, en Brianna glimlachte in zichzelf toen ze zijn lippen zag krullen van amusement.

Ondanks dat hij zo zelfverzekerd had geklonken, was Declan dat allerminst, en hij raakte plotseling van zijn stuk toen hij besefte dat hij niet specifiek genoeg was geweest. 'Oh. Eh, eh,

Jezus, ik maak er een potje van. Woorden zijn niet mijn sterkste punt,' bekende hij.

'O, ik weet het niet hoor,' zei Sally. Ze had een paar glazen wijn op en werd bijna giechelig. 'Dat accent is zo goddelijk dat het me niet veel uitmaakt wat je zegt.'

Zowel Brianna als haar vader moesten hun lach met hun servet smoren, en Declan grinnikte, waardoor de spanning van het moment gebroken was.

'Ik neem aan dat je er geen bezwaar tegen hebt om mijn schoonmoeder te worden dan, Sally?' plaagde hij zachtjes.

'Schoonmoeder? Bedoel je – heb je gevraagd – gaan jullie trouwen?' Het laatste woord was een geschokte gil, en even was Brianna bang dat Sally een scène zou maken, maar ze had zich geen zorgen hoeven maken. Een moment later was Sally opgestaan en wierp ze zich praktisch op Declan om hem stevig te omhelzen. 'Oh, wat geweldig! Kom hier, lieverd!'

De knuffel die Brianna kreeg, was de stevigste die ze zich ooit van haar moeder kon herinneren. Haar vader glimlachte minzaam naar hen beiden en wachtte tot Sally eindelijk gekalmeerd was voordat hij opstond en Declan de hand schudde.

'Hoewel ik je nog niet goed ken,' zei hij, 'heb ik vertrouwen in het oordeel van mijn dochter, en als zij zegt dat je een man bent die haar waardig is, dan is dat voor mij meer dan genoeg. Welkom bij de familie... zoon.'

Declan keek verrast, slikte daarna zichtbaar en draaide zich om naar Brianna. Ze gaf hem een warme, liefdevolle glimlach, omdat ze begreep wat het voor een man die nooit een vader had gekend, kon betekenen om zoon genoemd te worden.

'Waar gaan jullie trouwen?' vroeg Sally opgewonden. 'En wanneer? En, o mijn god, wat moet ik aan?'

Epiloog

Uiteindelijk trouwden ze eind september in Ierland, waarbij de plaatselijke pastoor de ceremonie leidde in een overvolle kerk, voordat ze een week later naar Australië vlogen. Ruala Rochelle was er al met haar gevolg en nam deel aan een aantal opwarmraces voor haar grote dag tijdens de Melbourne Cup, de 'race that stops a nation' zoals de Australiërs het noemen.

De kranten pikten het verhaal op van een Australisch meisje dat een half aandeel in een Ierse renpaardenstoeterij erfde en vervolgens met haar mede-erfgenaam trouwde, en als mede-eigenaren van een kanshebber voor de Melbourne Cup verschenen ze in heel wat artikelen en tijdschriften, tot groot genoegen van Brianna's moeder.

'Je ziet er prachtig uit, lieverd,' Sally veegde een traan weg terwijl ze naar Brianna keek, die opnieuw haar trouwjurk droeg, ditmaal voor een kleinere ceremonie in de achtertuin van haar ouders.

Andrew had er geen woorden voor, maar hij hield zijn arm naar zijn dochter uit en drukte een kus op haar slaap. Ze had hem een waterdichte set huwelijkse voorwaarden laten opstellen om haar helft van de erfenis te allen tijde te beschermen, en zowel zij als Declan hadden deze met plezier ondertekend, gesterkt door de wetenschap dat de handhaving van de bepalingen nooit nodig zou zijn.

Brianna glimlachte in zichzelf terwijl haar vader haar naar buiten begeleidde. Ze wachtten tot na de Cup, die de volgende dinsdag werd verreden, om hun andere nieuws te delen; het feit dat Leary Estates over ongeveer zeven maanden een nieuwe erfgenaam zou hebben. Zij en Declan waren het al eens over de namen; als ze een zoon kregen, zouden ze hem Alec noemen, en een dochter zou Sinead heten.

Hoe had ze zes maanden geleden ooit kunnen bevroeden dat ze hier vandaag zou staan, om te trouwen met de man van haar dromen? En het was allemaal te danken aan een volkomen onverwachte erfenis van de oudoom die ze niet eens had gekend.

'Bedankt, oom Alec,' fluisterde ze naar de hemel terwijl ze aan haar vaders arm naar Declan liep. 'Bedankt voor alles.'

Einde

Als je hebt genoten van **Als wensen paarden waren**, dan zul je mijn serie **De Amazones van Ridgewater** geweldig vinden! Lees verder voor een gratis proefhoofdstuk van boek 1, *Vertrouw op je pad!*

Proefhoofdstuk –
Vertrouw op je pad

SARAHS WEKKER TJILPTE OM vijf uur, al was ze al wakker. De januarizon drukte door de dunne gordijnen van haar slaapkamer, de Queenslandse zomer onverbiddelijk, zelfs in de vroege ochtenduurtjes. Ze ging rechtop zitten en reikte naar haar bril, elke handeling zorgvuldig afgemeten. De ochtend zou het vaste patroon volgen dat ze de afgelopen achttien maanden had geperfectioneerd, elke stap erop gericht een wereld te doorkruisen die verraderlijk onvoorspelbaar was geworden sinds het ongeluk dat het visuele verwerkingsdeel van haar hersenen had beschadigd.

Zoals altijd had ze de avond ervoor haar kleren klaargelegd: stevige werkspijkerbroek, een ademend katoenen overhemd en de breedgerande hoed die ze het hele jaar door droeg. Niet modieus, maar noodzakelijk. De schittering van de zon kon haar resterende zicht bijna nutteloos maken, schaduwen in hindernissen veranderen en zelfs een korte wandeling in een obstakelparcours herscheppen.

'Wordt weer zo'n bloedhete dag,' mompelde ze, terwijl ze de digitale thermometeruitlezing van de sensor buiten haar raam controleerde. Nu al achtentwintig graden, en de zon stond nog maar net op. Ze vlocht haar aardbeiblonde haar tot een praktische vlecht en zette die vast met een elastiekje uit het schaaltje op haar kaptafel. Alles op zijn plek. Geen verrassingen.

Buiten gonste het erf al van het leven: vogels zongen in de bomen, krekels tjirpten in het gras, paarden graasden in de weelderig groene paddocks, zover ze kijken kon. Sarah liep met zelfverzekerde vertrouwdheid over het grindpad, haar laarzen kraakten ritmisch. De geur van paarden, hooi en rijke donkere aarde — voelbaar na gisteren's korte regenbui — vulde haar neus en verankerde haar in dat zintuiglijk landschap dat ze veel meer vertrouwde dan haar onbetrouwbare ogen.

Duchess had prioriteit. De vosmerrie moest over een paar dagen veulenen en droeg, als alles goed ging, het waardevolste veulen dat Ridgewater in jaren had voortgebracht. De kruising tussen hun eigen Duchess, een voormalige Grand Prix-dressuurmerrie, en het geïmporteerde sperma van een Europese hengst, tweevoudig olympisch medaillewinnaar, vertegenwoordigde niet alleen een aanzienlijke financiële investering, maar ook een hoeksteen van de toekomst van hun fokprogramma.

'Goedemorgen, Uwe Hoogheid,' zei Sarah zacht terwijl ze de stal benaderde. De oren van de merrie schoten naar voren toen Duchess haar stem herkende. 'Eens kijken hoe we ervoor staan vandaag.'

Sarah schoof het staldeuretje voorzichtig open OR Sarah deed het staldeurtje voorzichtig open en bleef onafgebroken zachtjes praten terwijl ze bewoog. Duchess was meestal zachtaardig – ondanks wat sommigen over het karakter van vosmerries beweerden – maar dracht maakte haar humeuriger en onvoorspelbaarder dan gewoonlijk. Haar buik was nu enorm, strakgespannen door het groeiende veulen.

'Blijf staan, meisje,' suste Sarah, terwijl ze met geoefende handen langs de benen van de merrie streek en controleerde op warmte of zwelling. Daarna beoordeelde ze de uierontwikkeling; opgelucht noteerde ze dat de uier weliswaar aan het vullen was, maar nog geen teken van vliesscheiding vertoonde, en dat de druppels melk die ze kon melken helder waren in plaats van troebel of wit. Ze bekeek de vulva op tekenen van verslapping of uitvloeiing die op een naderende geboorte konden wijzen, en zag geen verandering ten opzichte van gisteren.

'Nog niet klaar om ons je prinsje of prinsesje te schenken, hè?' murmelde ze, terwijl ze Duchess een gebroken stukje wortel uit haar zak aanbood. 'Braaf meisje. Nog een paar dagen in de oven voor die kostbare baby.'

Na haar observaties te hebben genoteerd in het journaal dat aan een haak buiten de stal hing, liep Sarah door naar Legends paddock. De statige bruine hengst stond al bij het hoge hek, zijn imposante gestalte van 1,75 m afgetekend tegen de felblauwe lucht.

'Morgen, ouwe jongen,' riep ze, glimlachend toen hij in antwoord hinnikte. Vierentwintig inmiddels, was Legend het hart van Ridgewater, zowel letterlijk als figuurlijk. Zijn bloedlijnen liepen door hun succesvolste paarden, en zijn zachtaardige temperament, ondanks zijn hengstenstatus, maakte hem tot de onbetwiste patriarch van hun kudde. Hoewel zijn wedstrijdjaren al lang achter hem lagen, was hij in zijn glorietijd de hoogst gerankte springpaard van Australië geweest; zijn dekkingen waren nog steeds gewild, nu zijn nakomelingen zich in verschillende sportdisciplines in het hele land en daarbuiten bewezen. Duchess was slechts één van zijn kinderen die de absolute top hadden bereikt.

Sarah controleerde zijn drinkbak en merkte op dat, hoewel de automatische vuller werkte, de bak wel leeggelaten en geschrobd kon worden. Vervolgens bekeek ze zijn conditie met een kritisch oog. Legend hield zijn gewicht goed ondanks zijn gevorderde leeftijd, al had ze gemerkt dat hij de laatste tijd wat strammer bewoog. Iets om in de gaten te houden; misschien moesten ze naar een ander gewrichtssupplement kijken of eventueel anti-artrose-injecties. Mogelijk röntgenfoto's van de spronggewrichten. Ze zette het op haar mentale checklist.

'Pa doet je de groeten,' vertelde ze hem, terwijl ze hem krabde onder zijn kaak, precies waar hij het lekker vond. 'Hij en mam belden gisteren vanuit Broome. Ik denk dat ze jou bijna net zo missen als ons, de kinderen.' Legend blies een warme ademstoot in haar gezicht en liet zijn hoofd zakken om aan haar zak te duwen. Grijnzend haalde ze de andere helft van de wortel tevoorschijn.

'Ik ben je niet vergeten. Geen zorgen.'

Sarah was lang niet de enige die op dit uur al rondliep op Ridgewater. De backpackers die in het oude boerderijtje woonden, liefkozend The Barracks genoemd, zouden aan hun ochtendklussen beginnen. Sarah liep naar de voerkamer, waar Nicolas en Hana al graan afwogen in gelabelde emmers.

'Goeiemorgen,' groette Sarah hen. 'Hoe staan we ervoor vandaag?'

'C'est bien,' antwoordde Nicolas, zijn Franse accent zwaar terwijl hij op Engels overschakelde. 'Ik heb als eerste het wedstrijdpaard van Kate klaargezet, zoals gevraagd.'

'En ik heb de rescue-voeren van Emma gedaan met de extra supplementen,' voegde Hana toe; het Engels van het Koreaanse meisje was beter dan dat van Nicolas, maar evenzeer geaccentueerd. 'Eunji is de zwerenpasta gaan geven aan de twee paarden die het een half uur voor het voeren moeten hebben, en begint dan met uitmesten.'

'Perfect.' Sarah controleerde elke emmer aan de hand van het voerschema aan de muur en paste waar nodig kleine dingen aan. Ze deed een extra schep gewrichtssupplement in Legends emmer, en Duchess werd kieskeurig met haar voer in deze laatste dagen van de dracht; Sarah voegde een beetje melasse toe om het wat smakelijker te maken.

Sarah had het voersysteem onlangs zo herontworpen dat het foutloos was, met kleurgecodeerde opslagbakken, emmers beschilderd met de naam van elk paard en gelamineerde schema's met zorgvuldig gekalibreerde hoeveelheden, zoveel mogelijk met afbeeldingen in plaats van tekst. Het ging haar niet alleen om haar eigen zicht; met een wisselende groep internationale werkvakantiegangers op het bedrijf was duidelijkheid essentieel. Nicolas, Eunji en Hana waren iets meer dan een maand op Ridgewater en hadden alles in de vingers; met tevredenheid keek Sarah toe hoe Hana zorgvuldig zout afwoog voor elke portie, onmisbaar in de hitte om de paarden te laten drinken.

De lucht werd lichter en schilderde de oostelijke horizon in tinten roze en goud. De dagelijkse symfonie van Ridgewater zwol aan: paarden die in afwachting van hun ontbijt hinnikten, het metalen piepen van kruiwagenwielen, het ritmische zwiepen van bezems over de betonnen gangen. De rijke geur van krachtvoer mengde zich met de aardse lucht van verse mest en de scherpe toets eucalyptus van de bomen rond het erf.

'Duchess braaf vanmorgen?' vroeg Nicolas, terwijl hij een stapel voeremmers in een kruiwagen tilde.

'Tot nu toe wel,' antwoordde Sarah. 'Nog geen tekenen van een naderende geboorte, wat goed is. We hebben nog een paar dagen nodig voordat ze in de veilige zone zit. Als u klaar bent met voeren, zou u dan Legends drinkbak willen leeglaten en schrobben? Er zit wat algengroei in.'

'Natuurlijk,' zei de jonge Fransman bereidwillig.

Met het voer rondgebracht liep Sarah naar de quarantainepaddocks aan het uiteinde van het terrein. Hier verbleven Emma's nieuwste opvangpaarden en Pips nieuwe pony's totdat ze door de dierenarts waren nagekeken en vrijgegeven om bij de rest te lopen.

Een ranke volbloed met een vlekkerige vacht stond onhandig in een hoek, terwijl drie sjofele pony's van onbepaalde herkomst in de buurt graasden. De volbloed, een vierjarige ruin die Emma op de laatste veiling in Laidley had gered, droeg nog steeds de spookachtige blik van een paard dat het ergste van mensen verwachtte. De pony's, Pips nieuwste projecten die voor een habbekrats waren gekocht als onbeleerde jaarlingen, toonden de natuurlijke nieuwsgierigheid van jonge, onbedorven dieren.

Sarah benaderde het hek langzaam, voorzichtig om de volbloed niet te laten schrikken. 'Morgen, nieuwe kindjes,' zei ze, haar toon licht en gelijkmatig houdend. Ze bekeek elk dier methodisch en controleerde op tekenen van ziekte of letsel die 's nachts hadden kunnen ontstaan.

De volbloed had een klein schrammetje op zijn sprong dat er gisteren nog niet zat, mogelijk van een trap of een botsing met het hek. Niets ernstigs, maar het moest wel schoongemaakt worden. De pony's zagen er gezond uit, al waren ze sjofel; ze vroegen allemaal om een wasbeurt, maar dat moest wachten tot Pip ze kon laten meelopen en vaststaan.

Sarah maakte een notitie in haar telefoon om Emma te vertellen over het schrammetje van de volbloed en om aan Pip te vragen of ze de entingen van de pony's deze week of volgende week gedaan wilde hebben, en wanneer ze ze moesten ruinen, want drie jonge ponyhengsten waren wel het laatste wat iemand van hen kon gebruiken om voor gedoe te zorgen tussen de merries. Organiseren was Sarahs kracht, de basis die het mogelijk maakte dat Ridgewater soepel bleef draaien terwijl haar ouders hun welverdiende pensioenreizen door Australië maakten.

Teruglopend richting het hoofdcomplex hield Sarah even in om het erf te overzien dat ontwaakte in de nieuwe dag. De overdekte piste waar Kate straks met Misty zou werken, de springring waar Emma haar rescues de laatste puntjes op de i gaf voordat ze ze doorverkocht aan goede huizen, de roundpens waar Pip haar jonge pony's elementaire manieren bijbracht. Daarachter rolden de weelderige weiden richting het meer aan de westgrens, smaragdgroen ondanks de zomerhitte dankzij hun irrigatiesysteem.

Dit was Sarahs wereld, tot op de millimeter gemeten en met precisie geleid. Het ongeluk had haar wedstrijdcarrière en haar dieptezicht afgenomen, maar haar expertise of haar plek op Ridgewater niet verkleind. Haar methodes waren misschien veranderd, haar waarde niet.

Ze hield haar blik bewust weg van de crosscountryhindernissen, liefdevol gebouwd door haar vader en langzaam kleiner gemaakt door haar jongere zussen. Ze dachten dat Sarah het niet had gezien, maar ze ontging haar niets, ondanks haar zichtproblemen. De olympische hoogtes waren meer dan nodig voor Emma's training en de leerlingen; het waren Sarahs oefenterreinen geweest, maar daar kon ze nooit meer overheen. Niet meer 'de afstand kunnen zien' betekende dat springen überhaupt taboe was, nu en voor altijd.

Met de ochtendevaluatie afgerond liep Sarah terug naar het Grote Huis. Het ontbijt zou zo beginnen en, als ze haar zussen kende, zouden er minstens drie kleine crises op te lossen zijn voordat de dag echt van start ging. Bij de gedachte glimlachte ze. Sommige dingen waren net zo voorspelbaar als haar routine, en familiekabaal was daar één van.

De keuken in het Grote Huis gonste van de activiteit toen Sarah de hordeur openduwde. Ochtendzon stroomde door de oostelijke ramen naar binnen en baadde de grote boerderijkeuken in heet licht, al had gelukkig iemand de airco al aangezet. De ruimte rook naar koffie, toast en de subtiele zoetheid van ananas, van de vrucht die Pip aan het snijden was op het aanrecht. Ondanks het vroege uur draaide het huishouden van de familie McKenzie als een geoliede machine, ieder volgde zijn deel van de ochtendchoreografie.

'Er staat verse koffie in de pot,' riep Pip zonder van haar taak op te kijken. Zelfs midden in de ontbijtvoorbereidingen straalde Pip Rodriguez-McKenzie een beheerste elegantie uit die in contrast leek met haar kleine gestalte. Op haar 1,50 meter had ze een opstapje nodig OR Ze was maar 1,50 en had een opstapje nodig om bij de bovenkastjes te kunnen, maar ze bewoog met de zelfverzekerde sierlijkheid en kracht van een voormalig professioneel jockey.

'Je bent een redder in nood,' antwoordde Sarah, terwijl ze naar de koffiepot liep. Ze schonk de donkere vloeistof in haar favoriete mok, die met 'Boss Mare' erop, een kerstcadeau van Emma vorig jaar.

'Tante Sarah! Tante Sarah!' Jemima stuiterde op haar kruk bij het kookeiland, haar blonde haar nog verward van de slaap. 'Ik heb gisteren over Sparky gesprongen!'

Sarah glimlachte om het enthousiasme van haar nichtje. 'Fantastisch, Jem. Straks spring je al parcoursen.'

'Ik ga hoger springen dan wie dan ook,' verklaarde Jemima met de absolute overtuiging van een achtjarige. 'Zelfs jij, voordat je stopte.'

Er viel even een stilte — snel verholpen door Pip die een bordje met ananasschijfjes voor Jemima schoof. 'Eet je fruit, muppet. Je hebt energie nodig om me te helpen met de nieuwe pony's.'

Sarah waardeerde Pips snelle ingrijpen. De familie was erin geoefend geraakt om handig om de verwijzingen naar Sarahs ongeluk en het kampioenspaard dat ze verloren had heen te laveren. Achttien maanden, en de wond was nog steeds gevoelig.

'Kun jij mijn klant om elf uur nog superviseren?' vroeg Emma, die de keuken binnenkwam met haar gebruikelijke wervelwind aan energie. Haar lange bruine haar zat al in een praktische paardenstaart en ze droeg een zacht, afgedragen T-shirt, haar uniform voor het werken met nerveuze paarden. 'De eigenaar van Thunder komt kijken hoe het gaat met het laden in de trailer.'

'Geen probleem,' bevestigde Sarah, terwijl ze plaatsnam aan de grote, geschuurde grenen tafel die al zolang ze zich kon herinneren het centrum van de familiebijeenkomsten McKenzie was. 'Ik heb al het administratieve werk voor vanmiddag ingepland, als het toch te heet is om buiten te zijn.'

Emma grijnsde dankbaar. 'Je bent de beste. Het gaat eigenlijk heel goed met hem. Gisteren zette hij beide voorbenen erin zonder te bevriezen.'

'Dat is vooruitgang,' erkende Sarah. Voor een paard dat zes maanden geleden achterover in een trailer was gekieperd en zowel zichzelf als zijn eigenaar had verwond, was zelfs naar een trailer toe lopen een flinke stap vooruit.

'Vooruitgang is zacht uitgedrukt,' zei Emma, terwijl ze zichzelf koffie inschonk. 'Twee weken geleden kwam hij niet binnen twintig meter van dat ding. Als we hem betrouwbaar kunnen laden, houdt zijn eigenaar hem misschien echt, in plaats van hem naar de veiling te sturen.'

'Waar jij hem dan toch gewoon zou kopen,' merkte Kate droogjes op terwijl ze de keuken binnenzweefde. In tegenstelling tot de anderen, die praktische, goedgedragen spijkerbroeken en katoenen shirts prefereerden, droeg Kate onberispelijke rijspullen van een designmerk, haar blonde haar vastgezet in een perfecte knot in haar nek. 'Heeft iemand de 5 inch Franse schakel bustrens gezien? Ik wil hem op Misty proberen; ik denk dat ze die fijner vindt dan de gewone schakel.'

'Kijk eens in de kast in de zadelkamer,' stelde Sarah voor. 'Ik meen dat ik het gisteren zag toen ik naar de leerbalsem zocht.'

Kate knikte, pakte een snee toast en besmeerde die met boter in snelle, efficiënte bewegingen. 'Nicolas is Misty al aan het poetsen. Die jongen is goud waard, en ik zal je zeggen, hij kan echt rijden. Ik denk dat hij een echte toekomst in de dressuur heeft, als hij in Frankrijk maar het juiste paard vindt wanneer hij teruggaat.'

'Over Nicolas gesproken,' zei Pip, 'hij zei dat hij dit weekend met Eunji en Hana de trein naar Brisbane wilde nemen en zaterdagavond weg wil blijven. Past dat in ons schema?'

Sarah liep in gedachten de weekendverplichtingen na. 'Als ze me vandaag helpen de verse ronde balen uit te rijden, zie ik geen probleem. We krijgen zaterdag die klant die Bondi komt proefrijden, maar Emma en ik kunnen dat wel aan. En verder staat er niets echt op, alleen de gewone lesmensen.'

'Dat betekent dat iemand de paarden voor de lessen moet vangen en poetsen,' merkte Kate op.

'Dat regel ik wel,' bood Pip aan. 'Jemima is oud genoeg om te helpen, toch, lieverd?'

'Ik ben heel goed in poetsen,' bevestigde Jemima ernstig. 'Mam zegt dat ik grondig ben.'

'Dat ben je ook, ukkie,' zei Emma liefdevol, terwijl ze door het haar van haar dochter woelde. 'En over grondigheid gesproken, heb je je zomerleeslijst af? School begint aan het eind van volgende week weer.'

Jemima's gezicht betrok even. 'Bijna. Ik vind het boek dat ze hebben opgegeven niet leuk. Het is saai.'

'Het leven zit vol saaie boeken,' zei Kate, terwijl ze op haar horloge keek. 'Wacht maar tot de universiteit. Je leest er honderden.'

'Niet als ik jockey word, zoals tante Pip,' wierp Jemima tegen. 'Jockeys hoeven geen saaie boeken te lezen.'

Pip lachte, een warme, muzikale klank die de keuken opvrolijkte. 'Oh, je zou je verbazen, kleintje. Renformulieren, baancondities, fokgegevens. Heel veel saaie lectuur in de rensport. Ik ben eerlijk gezegd best blij dat ik er helemaal mee gestopt ben.'

'Bovendien,' voegde Sarah toe, 'je bent lang voor je leeftijd. Je zou zomaar over jockeylengte heen kunnen groeien voor je vijftien bent.'

'Dan word ik springruiter, zoals opa,' besloot Jemima onvermurwbaar.

'God sta ons bij,' mompelde Emma, maar haar ogen waren zacht van genegenheid. 'Nog een McKenzie met wedstrijdkriebels.'

Kate werkte haar toast in drie efficiënte happen naar binnen. 'Ik kan er maar beter opuit. Ik wil Misty's één-tempowissels trainen voordat de hitte te verstikkend wordt. De regionale kampioenschappen zijn over slechts zes weken, en we zijn nog niet constant genoeg.'

'Heb je nog iets uit de stad nodig?' vroeg Sarah. 'Ik rijd er vanmorgen heen om ontwormingsmiddelen bij de landbouwwinkel te halen voor de nieuwe paarden; Caroline komt vanmiddag, dus ik wil dat graag vast afvinken.'

'Gewoon het gebruikelijke,' zei Emma, terwijl ze voor zichzelf ontbijtgranen inschonk. 'Nate is een bestelling supplementen aan het samenstellen; die zou klaar moeten liggen om op te halen. Kijk misschien of ze van die zoutlikstenen met extra mineralen hebben? Die lijken me een goed idee voor de quarantainestroken.'

Sarah knikte en zette nog een notitie in haar telefoon. Dit was haar rol in het familiale ecosysteem: behoeften en planningen bijhouden, ervoor zorgen dat er niets tussendoor glipte. Na haar ongeluk, toen wedstrijden rijden niet meer mogelijk was, had ze al haar energie gestoken in het zo soepel mogelijk laten draaien van Ridgewater. Als zij niet in het zadel kon, dan zorgde ze ervoor dat alles eromheen perfect was voor wie dat wel kon.

'Ik heb twee nieuwe boekingen in het systeem gezet voor ponylessen volgende week,' meldde Pip, terwijl ze naast Jemima ging zitten met haar eigen schaaltje fruit en yoghurt. 'Allebei beginners, allebei zes jaar. Ik heb ze woensdagmiddag achter elkaar ingepland.'

'Klinkt goed,' zei Sarah. 'Trouwens, de wastafel in de Barracks lekt weer, en ik kwam er niet uit. Ik heb de loodgieter een bericht achtergelaten.'

'Niet Terry,' kreunde Emma. 'Die rekende de vorige keer een godsvermogen.'

'Nee, ik heb iemand nieuws gevonden. Aanbevolen door Nate van de landbouwwinkel.'

Dit was het hart van hun bedrijf, dacht Sarah: die informele ochtendoverleggen waarin informatie werd gedeeld en plannen op elkaar werden afgestemd. Ondanks hun verschillende karakters en aanpakken werkten ze samen met de synchroniciteit die voortkwam uit een gedeeld doel en een levenslange kennis van elkaars sterke en zwakke punten.

Toen het ontbijt op zijn einde liep, gingen ze uiteen naar hun verschillende verantwoordelijkheden. Kate vertrok als eerste, gretig om haar trainingssessie te beginnen. Emma volgde kort daarna, mompelend dat er weer een mislukte renpaardcarrière werd afgeleverd en dat ze nog een quarantainestrook moest klaarmaken. Pip hielp Jemima met het afruimen en herinnerde haar er vervolgens aan om zonnebrand op te doen voordat ze naar buiten gingen om te beginnen aan de dag vol lessen en stalwerk.

Sarah bleef nog even zitten met haar tweede kop koffie en bekeek het dagschema op haar tablet. Het ritme van Ridgewater ging om haar heen gewoon door, de polsslag van het familiebedrijf waarin ze allemaal geboren waren. Hoe verschillend ze ook waren, dit was wat hen verbond: hun gedeelde nalatenschap en passie voor paarden. Zelfs als ze kibbelden of het oneens waren over methodes, bleef die basis onwankelbaar.

Ze dronk haar koffie op en stond op, in gedachten overschakelend naar de taken van de dag. Duchess nog eens checken, een ritje naar de stad voor spullen, hooi bezorgen, de boekhouding bijwerken, en een miljoen kleine beslissingen om te nemen. Het ongeluk had haar pad misschien veranderd, maar niet haar plek in deze wereld die de familie McKenzie samen had opgebouwd.

Toen ze terugkwam uit de stad met een pick-up vol spullen die de backpackers ijverig begonnen uit te laden, ging Sarah terug naar de merrieschuur voor haar geplande controle halverwege de ochtend bij Duchess. De januarizon brandde nu genadeloos, de temperatuur klom richting de verwachte piek van achtendertig graden. Niet ideaal om te veulenen, en precies daarom had Sarah haar controles bij de waardevolle merrie opgevoerd naar elke drie uur. Toen ze de box naderde, triggerde iets in Duchess' houding onmiddellijk Sarah's interne alarm. De vosmerrie verlegde voortdurend haar gewicht van de ene achtervoet naar de andere, haar staart zwiepte doelgerichter dan een achteloze vliegenmep.

'Hé meis,' zei Sarah zacht, terwijl ze kalm probeerde te blijven ondanks haar groeiende ongerustheid. 'Wat is er met je aan de hand?'

Duchess draaide naar het geluid van Sarah's stem, haar neusgaten licht flarend. De brede flanken van de merrie gingen met diepere ademhalingen op en neer dan normaal, en haar ogen hadden een alerte, bijna waakzame uitdrukking.

Sarah gleed de box in, sprak sussend en hield een kalme buitenkant terwijl haar gedachten door de mogelijkheden raasden. Ze kende Duchess' normale gedrag door en door: ze had de merrie vanaf haar geboorte mee opgevoed en vervolgens Kate geholpen haar helemaal tot Grand Prix-niveau in de dressuur te trainen. Deze onrust was duidelijk abnormaal; al was dit ook Duchess' eerste dracht.

'Rustig maar, mijn dame,' fluisterde Sarah, terwijl ze met haar handen over de gezwollen buik van de merrie ging. Ze voelde het veulen onder haar hand bewegen, wat bevestigde dat het nog actief was. Dat was in elk geval goed.

Ze controleerde de uier van de merrie en merkte op dat die voller leek dan bij haar ochtendinspectie, al nog niet met harsdruppels. De vulva vertoonde lichte verlenging, maar geen noemenswaardige verslapping of afscheiding. Het waren vroege tekenen, maar toch zorgwekkend. Duchess' verwachte datum was nog een week weg, en dit veulen vertegenwoordigde een aanzienlijke investering. Duchess was in Europa drachtig geworden terwijl ze herstelde van haar carrièrebeëindigende peesblessure, en daarna tegen forse kosten naar Australië teruggebracht. Daarom zou de merrie nu veulenen, ver buiten het gebruikelijke Australische seizoen.

'Je denkt erover, hè?' zei Sarah tegen de merrie, die antwoordde met een zacht hinniken. 'Nou, ik zou het op prijs stellen als je nog een paar dagen wacht. Die baby moet nog even verder "garen".'

Sarah maakte gedetailleerde aantekeningen in haar telefoon, inclusief de tijd en alle waargenomen symptomen. Als dit inderdaad het begin van een vroege partus was, moesten ze Duchess continu monitoren. Misschien moest ze toch weer de stad in en de elektronicazaak bezoeken, kijken of ze draadloze camera's hadden; ze dacht er al aan om er een in de veulenbox te plaatsen. Sterker nog, dat ging ze gewoon doen, besloot ze, en ze stuurde snel een groepsappje om de anderen op de hoogte te brengen.

Toen ze echter de oprit weer opreed in de inmiddels leeggeladen pick-up, zag ze ongewoon gedoe in de quarantainestrook. De slungelige volbloed die ze eerder had gecheckt stond onbeholpen in de hoek, zijn rechterachter iets ontzien. Er klopte iets niet.

Sarah stapte uit de pick-up en liep de strook in, haar bewegingen rustig houdend om de zenuwachtige ruin niet te laten schrikken. Toen ze dichterbij kwam, zag ze het probleem. Het kleine schaafwondje dat ze vanmorgen op zijn sprong had gezien, was flink verergerd en nu een boze, gezwollen wond met duidelijke afscheiding. Hoe had het zo snel kunnen verslechteren?

'Och, maat,' zuchtte ze. 'Dat ziet er akelig uit.'

De volbloed deinsde terug toen ze naderde, maar vluchtte niet, een getuigenis van Emma's geduldige werk van de afgelopen week. Sarah pakte een halster en een halstertouw uit de pick-up en liep eropaf met het los in haar hand bungelend, terwijl ze onafgebroken in een lage, kalme toon doorpraatte.

'Laten we je eens goed bekijken, ja? Die poot moet behandeld worden voordat het erger wordt.'

Het kostte enkele minuten zachtjes overreden, maar uiteindelijk lukte het haar het paard vast te zetten en dichtbij genoeg te komen om de wond te onderzoeken. De zwelling was heet aan de aanraking, de afscheiding geelachtig en riekend. Zeker geïnfecteerd. De volbloed had antibiotica nodig, wondreiniging en mogelijk drainage als er een vreemd voorwerp in het weefsel zat.

Twee paarden met urgente zorg nodig, en het was nog niet eens middag. Sarah ademde langzaam uit en stelde prioriteiten. Ze leidde de volbloed naar een lege box in de schuur, zorgde dat hij vers water en hooi had en sloot hem op. Die wond had snel professionele aandacht nodig en met Duchess die mogelijk ging beginnen te veulenen, konden ze geen risico lopen door te talmen.

In de zadelkamer haalde Sarah haar telefoon tevoorschijn en belde de Ridgemont Vet Clinic. Na twee keer overgaan klonk er een opgewekte stem.

'Ridgemont Vet Clinic, met Tiana. Waarmee kan ik u vandaag helpen?'

'Tiana, met Sarah McKenzie van Ridgewater,' zei Sarah, die meteen ter zake kwam. 'We hebben Caroline hier zo snel mogelijk nodig. Duchess vertoont vroege veulenverschijnselen, en een van Emma's geredde paarden heeft wat lijkt op een nare infectie in een wond op de sprong.'

'Juist,' antwoordde Tiana, terwijl er op de achtergrond hoorbaar werd getypt. 'Jullie staan vanmiddag sowieso op de planning, maar denkt u dat dit een spoedgeval is?'

Sarah aarzelde slechts heel even. 'Het is vooral Duchess waar ik me zorgen om maak.' Ze wist dat Caroline, haar beste vriendin, precies zou begrijpen waarom Sarah zo ongerust was, en Caroline wist zeker dat Sarah niet iemand was die valse alarmen sloeg.

'Begrepen. Ik schuif een niet-urgente gebitsbehandeling naar morgen en stuur de dierenarts als volgende naar jullie toe,' bevestigde Tiana met haar gebruikelijke efficiëntie voordat ze het gesprek beëindigde.

Sarah stopte haar telefoon weg en paste in gedachten het dagschema aan. Ze kon nu niet naar de stad; dan maar online een camera bestellen. Al kwam die te laat om voor Duchess nog nut te hebben, we zouden hem nodig hebben wanneer het echte veulenseizoen begon.

Ze liep terug om weer bij Duchess te kijken, en trof de merrie iets kalmer maar nog steeds onrustig. Een goed teken, misschien duidend op vals alarm en dat de hitte de hoogdrachtige merrie hinderde. Toch, met zo'n waardevol veulen konden ze geen risico nemen.

'Sarah, Emma zei iets over hooi?' klonk het achter haar, en ze draaide zich om met een beleefde glimlach voor Hana en Eunji.

'Klopt. Vier ronde balen bezorgen. Laten we die doen voordat de dierenarts er is, en ik heb de pick-up midden op de oprit laten staan om dat paard terug te brengen; die kunnen we beter terug hierheen halen.' Eunji kon rijden, dus Sarah stuurde haar op pad om dat klusje te doen, terwijl zijzelf de tractor startte en de eerste ronde baal hooi oppikte met de pin, Hana op de treeplank om poorten voor haar open te doen en gretige paarden weg te wuiven. De zon van Queensland brandde fel boven hen en veranderde de cabine van de tractor in een rijdende sauna, ondanks de open ramen.

Sarah was net klaar met het laatste baaladres toen ze het kenmerkende gebrom van Caroline's truck de oprit op hoorde komen. Opluchting spoelde over haar heen. Caroline had hen door ontelbare noodgevallen heen geholpen. Meer nog, ze was Sarah's beste vriendin buiten de familie, iemand die de unieke uitdagingen begreep waar Sarah sinds haar ongeluk mee kampte. Ze waren samen naar de basisschool gegaan, allebei paardengek, en levenslang vriendinnen gebleven. Caroline's man, Nate, runde de landbouwwinkel die samen onder één dak zat met de lokale dierenkliniek, en over een paar weken verwachtten ze hun eerste kind.

De truck draaide naast de schuur, het stof daalde neer rond de banden. Sarah zette de tractor uit en klom naar beneden, veegde zweet van haar voorhoofd terwijl ze naar het voertuig toeliep. De vertrouwde blauwe Ford droeg het logo van de Ridgemont Vet Clinic op de zijkant, maar toen het portier van de bestuurder openging, stokte Sarah's pas.

In plaats van Caroline's door de zwangerschap rondere figuur vouwde een lange man zich uit de bestuurdersstoel. Hij was zeker een meter vijfentachtig, met brede schouders en donker, kortgeknipt haar. Een zonnebril schermde zijn ogen af, en hij droeg een spijkerbroek en het standaard kaki uniformhemd van de kliniek, de mouwen opgerold zodat gebruinde onderarmen zichtbaar werden.

Sarah's hart zonk toen het tot haar doordrong. Dit moest de waarnemend dierenarts zijn die Caroline bij haar vorige bezoek had genoemd, degene die een deel van haar werk zou overnemen tijdens de zwangerschap en haar zou vervangen met zwangerschapsverlof. Caroline had verzekerd dat hij ervaren was met sportpaarden, maar Sarah had — misschien naïef — gehoopt dat zijn startdatum toevallig pas na Duchess' veilige geboorte van haar waardevolle veulen zou vallen.

De man zag haar en hief een hand ter begroeting. Sarah perste haar gelaat in beleefde neutraliteit, ondanks de ontsteltenis die in haar buik kolkte. Een vreemde dierenarts, onbekend met hun paarden en routines, die precies arriveerde nu ze niet één maar twee mogelijk serieuze situaties hadden.

Haar zorgvuldig beheerste dag was zojuist grondig overhoopgehaald, en Sarah McKenzie hield niet van verrassingen. Al helemaal niet als het om de gezondheid van Ridgewaters meest waardevolle bezittingen ging.

Wil je weten hoe het verder gaat? Lees *Vertrouw op je pad* nu!

Andere boeken van Caitlyn Lynch

De Verloren Australiërs

Het Meisje in de beek
Het Meisje op het jacht
Het Meisje in het herenhuis

De Reddingsrangers – Eliteromantic-suspense vol actie en Special Forces-helden

Gered door de ranger
  De thuiskomst van de ranger
  De missie van de ranger
  Het bloed van de ranger
  Ranger   Vuur   (exclusief   voor
nieuwsbriefabonnees)

De Amazones van Ridgewater – In het hart van Australië: moedige vrouwen en onvergetelijke paarden

Vertrouw op je pad
  Barrières doorbreken
  Balans vinden
  Geschreven in de sterren
  Kerstmis op Ridgewater

Tropische ontsnapping – 7 vrolijke, flirterige tropische romans!

Een bieuw begin op het Rif
  De onverwachte miljardair
  Foute bruiloft, echte liefde
  Op laag luur
  Hartstocht in de ring
  Liefde in beeld
  Liefde in de praktijk

Op zichzelf staande romans

Liefde in de scrum – Een liefdesroman over een rugbyspeler en een rockzangeres
  Als wensen paarden waren - Een Ierse romance

Ontdek alle publicaties van Shenanigans Press op onze websitehttps://www.shenaniganspress.com/nl!

Of volg ons op sociale media; we zijn te vinden op Facebook en Instagram.

En vergeet je niet in te schrijven voor onze nieuwsbrief om op de hoogte

te blijven van nieuwe uitgaven, acties,
winacties en meer!